狼新娘

北欧
文学译丛

Aino Kallas

[芬兰] 艾诺·卡拉斯 著

倪晓京 冷聿涵 译

Sudenmorsian

中国国际广播出版社

图书在版编目（CIP）数据

狼新娘 /（芬）艾诺·卡拉斯著；倪晓京，冷聿涵译. —北京：中国国际广播出版社，2023.6

（北欧文学译丛）

ISBN 978-7-5078-5356-8

Ⅰ. ①狼… Ⅱ. ①艾…②倪…③冷… Ⅲ. ①短篇小说－小说集－芬兰－现代 Ⅳ. ① I531.45

中国国家版本馆CIP数据核字（2023）第116374号

Simplified Chinese Translation Copyright©2023 by China International Radio Press Co., Ltd.

All rights reserved

This work has been published with the financial assistance of FILI–Finnish Literature Exchange.

F I
L I

狼新娘

总 策 划	张宇清　田利平
策　　划	张娟平　凭　林
著　　者	［芬兰］艾诺·卡拉斯
译　　者	倪晓京　冷聿涵
责任编辑	筴学婧
校　　对	张　娜
封面设计	赵冰波

出版发行	中国国际广播出版社有限公司〔010-89508207（传真）〕
社　　址	北京市丰台区榴乡路88号石榴中心2号楼1701 邮编：100079
印　　刷	环球东方（北京）印务有限公司
开　　本	880×1230　1/32
字　　数	130千字
印　　张	6
版　　次	2023年7月 北京第一版
印　　次	2023年7月 第一次印刷
定　　价	46.00元

版权所有　盗版必究

"北欧文学译丛"
编委会

主　编

石琴娥（中国社会科学院外国文学研究所）

副主编

徐　昕（北京外国语大学欧洲语言文化学院）
张宇清（中国国际广播出版社有限公司）
田利平（中国国际广播出版社有限公司）

编　委
（以姓氏汉语拼音为序）

李　颖（北京外国语大学欧洲语言文化学院芬兰语专业）
王梦达（上海外国语大学德语系瑞典语专业）
王书慧（北京外国语大学欧洲语言文化学院冰岛语专业）
王宇辰（北京外国语大学欧洲语言文化学院丹麦语专业）
余韬洁（北京外国语大学欧洲语言文化学院挪威语专业）
赵　清（北京外国语大学欧洲语言文化学院瑞典语专业）
凭　林（知名学者）
张娟平（中国国际广播出版社有限公司）

绚丽多姿的"北极光"

——为"北欧文学译丛"作的序言

石琴娥

2017年的春天来得特别地早,刚进入3月没有几天,楼下院子里的白玉兰已经怒放,樱花树也已经含苞待放了。就在这样春光明媚、怡人的日子里,我收到中国国际广播出版社文史编辑部主任张娟平女士打来的电话,想让我来主编一套当代北欧五国的文学丛书,拟以长篇小说为主,兼选一些少量有代表性的短篇小说、诗歌等,篇目为50部左右。不久之后,中国国际广播出版社负责人和张娟平主任又郑重其事地来到寒舍,对我说,他们想做一套有规模、有品位的北欧文学丛书,希望能得到我的支持,帮助他们挑选书目、遴选译者,并担任该丛书的主编。

大家知道,随着电子阅读器和智能手机的普及,越来越多的人通过电子设备来阅读书籍。在目前的网络和数码时代,出现了网络文学、有声书和电子书,甚至还出现了人工智能创作的作品,纸质书籍受到极大冲击,出版纸质书籍遇到了很大困难。有的出版社也让我推荐过北欧作品,但大都是一本或两本而已,还有的出版社希望我推荐已经过版权期的作品,以此来节省一些成本。而中国国际广播出版社却希望出版以当代为主的作品,规模又如此之大,而且总编辑又亲临寒舍来说明他们的出版计划和缘由,我被他们的执着精神和认真态度所感动,更被他们追求精品位的人文热情所感动。我佩服出版社的魄力和勇气。面对他们的热情和宝贵的执着精神，我怎能拒绝，当然应该义不容辞地和他们一起合作，高质量、高品位地出好这套丛书。

大家也许都注意到，在近二三十年世界各国现代化状况的各类排行榜上，无论是幸福指数，还是GDP或者是人均总收入，还是环境保护或者宜居程度，从受教育程度和质量、医疗保障到养老、失业等社会保障，还有从男女平等到无种族歧视，等等，北欧五国莫不居于世界最前列，或者轮流坐庄拿冠夺魁，或是统统包圆儿前三名，可以无须夸张地说，北欧五国在许多方面实际上超过了当今世界霸主美国，而居于当今世界发达国家最前列，成为世界现代化发展中的又一类模式。

大家一般喜欢把世界文学比作一座大花园，各个时期涌现出来的不同流派中的众多作家和作品犹如奇花异葩，争妍斗艳。北欧文学是这座大花园里的一部分，国际文学中，特别是西欧文学中的流派稍迟一些都会在北欧出现。北欧的大自然，由于地理位置、自然环境和气候条件，没有小桥流水般的婀娜多姿，而另有一种胜景情致，那就是挺拔参天、枝叶茂盛的大树，树木草地之间还有斑斓似锦的各色野花和大片鲜灵欲滴的浆果莓类。放眼望去，自有一股气魄粗犷、豪放、狂野、雄壮的美。北欧的文学大花园正如自然界的大花园一样，具有一股阳刚的气概、粗豪的风度。它的美在于刚直挺立、气势崴嵬。它并不以琴瑟和鸣般珠圆玉润和撩拨心弦的柔美乐声取胜，却是以黄钟大吕般雄浑洪亮而高亢激昂的震颤强音见长。前者婉转优雅、流畅明快，后者豪迈恢宏、气壮山河。如果说欧洲其余部分的文学是前者的话，那么北欧文学就是后者。正如鲁迅所说，北欧文学"刚健质朴"，它为欧洲文学大花园平添了苍劲挺拔的气魄。以笔者愚见，这就是北欧五国文学的出众特色，也是它们的长处所在。

文学反映社会现实。它对社会的发展其功虽不是急火猛药，其利却深广莫测。它对社会起着虽非立竿见影却又无处不在的潜移默化作用。那么，北欧各国的当代文学作品中是如何反映北欧当代社会的呢？它对北欧各国的现代化发展是不是起了推动促进作用了呢？也许我们能从这套丛书中看到一些端倪。

北欧五国除了丹麦以外，都有国土位于北极圈或接近北极圈。北极光是那里特有的景象。尤其到了冬天夜晚，常常能见到北极光在空中闪烁。最常见的是白色，当然有时也能见到五彩缤纷、绚丽多姿的北极光。北欧五国的文学流派众多，题材多样，写作手法奇异多姿，犹如缤纷绚丽的北极光在世界文坛上发光闪烁。

北欧包括 5 个国家：丹麦、芬兰、冰岛、挪威和瑞典。讲起当代的北欧文学，北欧文学史上一般是从丹麦文学评论家和文学史家勃朗兑斯（Georg Brandes，1842—1927）于 1871 年末在丹麦哥本哈根大学所作的《十九世纪文学主流》算起，被称为"现代突破"。从 19 世纪的 1871 年末到目前 21 世纪一二十年代的 150 年的时间里，一大批有才华的作家活跃在北欧文坛上。在群英荟萃之中，出现了几位旷世文豪，如挪威的"现代戏剧之父"亨利克·易卜生，瑞典文学巨匠——小说家、戏剧家斯特林堡和荣获诺贝尔文学奖的第一位女作家、新浪漫主义文学代表塞尔玛·拉格洛夫，丹麦 1944 年诺贝尔文学奖获得者约翰纳斯·维尔海姆·延森，芬兰批判现实主义作家尤哈尼·阿霍以及冰岛 1955 年诺贝尔文学奖获得者哈多尔·拉克斯内斯等。本系列以长篇小说为主，也有少量短篇和戏剧作品。就戏剧而言，在北欧剧作家中，挪威的亨利克·易卜生开创了融悲、喜剧于一体的"正剧"，被誉为"现代戏剧之父"，是莎士比亚去世三百年后最伟大的戏剧家。瑞典的奥古斯特·斯特林堡所开创的现代主义戏剧对世界戏剧产生了重大影响。戏剧是文学的一部分，所以我们在选编时也选了少量的戏剧作品。被选入本系列中的作家，有的是北欧当代文学的开创者，有的是北欧当代文学中各种流派的代表和领军人物，都是北欧当代文学中的重要作家，他们的作品经历了时间考验。

在北欧文坛中，拥有众多有成就有影响的工人作家是其一大特色。有的还获得了诺贝尔文学奖，成为世界级的大文豪。这些工人作家大多自身是农村雇工或工人，有过失业、饥饿或其他痛苦的经历，经过自学成为作家。他们用笔描写自己切身的悲惨遭遇，对地主、资产阶级的剥削和压榨写得既具体细腻又深刻生动。正是他们构成了北欧20世纪以来现实主义文学的主流。在这些工人作家中最突出的有丹麦的马丁·安德逊·尼克索和瑞典的伊瓦尔·洛-约翰松等。对这些在北欧文坛上占有重要地位的工人作家的作品，我们当然是不能忽略的，把他们的代表作选进了这套丛书之中。

除了以上这些久享盛誉的作家外，我们也选了新近崛起的、出生于1970和1980年代的作家，如出生于1980年的瑞典作家乔安娜·瑟戴尔和出生于1981年的挪威作家拉斯·彼得·斯维恩等。他们的作品在北欧受到很大欢迎，有的被拍成电影，有的被搬上舞台。这些作品，虽然没有经历过时间的考验，但却真实地反映了目前北欧的现状，值得收进本丛书之中。

从流派来看，我们既选了现实主义作品，也不忽略浪漫主义、超现实主义和意识流的作品，力求使读者对北欧当代文学有个较为全面的印象。从作家本人的情况看，我们既选了大家公认的声誉卓越的作家的作品，也选了个别有争议的作家的作品，如挪威作家克努特·汉姆生，他是现代挪威、北欧和世界文坛上最受争议的文学家。他从流浪打工开始，1920年成为诺贝尔文学奖得主，晚年沦为纳粹主义的应声虫和德国法西斯占领当局的支持者，从受人欢呼的云端跌入遭国人唾骂的泥潭，而他毕竟是现代主义文学和心理派小说的开创者和宗师，在20世纪现代文学中扮演了承上启下的转型角色。我们把他的"心理文学"代表作《神秘》收进本丛书。这部作品突破传统小说的诸多常规要素，着力于通过无目的、无意识的内心独白，以及运用思想流、意识流的手法来揭示个性心理活动，并探索一些更深层次的人生哲理。1978年诺贝尔文学奖得主、美国作家艾萨克·辛格说："在我们这个世纪里，整个现代文学都能够追溯到汉姆生，因为从任何意义上他都是现代文学之父……20世纪所有现代小说均源出汉姆生。"我们把这位有争议的作家的作品选入我们的丛书，一方面是对北欧和世界文学在我国的译介起到补苴罅漏的作用，另一方面也可进一步了解现代文学的来龙去脉，以资参考借鉴。

20世纪60年代中期，瑞典出现了一种新兴的文学——报道文学。相当一批作家到亚非拉国家进行实地调查，写出了一批真实反映这些地区状况的报道文学作品。这批从事报道文学的作家大都是50年代和60年代在瑞典文坛上有建树的人物。如瑞典作家扬·米尔达尔是这种新兴文学——报道文学的代表人物之一，他的《来自中国农村的报告》（1963）成为当时许多国家研究中国问题的必读参考材料，被译成十几种文字多次出版。他的这本书材料详尽、内容真实、记载细腻而风靡一时。还有福尔盖·伊萨克松通过访问和实地采访写出了报道中国20世纪70年代真实状况的作品。这些文字优美、内容详尽的作品为西方读者了解中国起了很好的桥梁作用。他们的作品是在我国改革开放之前来中国写的，今天再来阅读他们当时写的作品，从中也能领略到时代的变化、改革开放的伟大成就。

总之，我们选材的宗旨是：尽量把北欧各国文学史中在各个时期占有重要地位的作家的代表作收进本丛书。本丛书虽有45部之多，是我国至今出版北欧丛书规模最大的一部，但是同150年的时间长河和各时期各流派的代表作家和作品之多比起来，45部作品远不能把所有重要作家的作品全部收入进来。

本丛书中的所有作品，除了极个别以外，基本都是直接从原文翻译，我们的目的是想让读者能够阅读到原汁原味的当代北欧文学。同英语、俄语、法语等大语种翻译比起来，我们直接从北欧语言翻译到中文的历史不长，译者亦不多，水平不高，经验也不足，译文中一定存在不少毛病和欠缺之处，望读者多多包涵，也请读者给我们提出宝贵的建议和意见，便于我们改进。

本丛书能够付梓问世，首先要感谢中国国际广播出版社执行董事张宇清先生和副总编田利平先生，田总编是在本丛书开始编译两年后参与进本丛书的领导工作的，他亲自召开全体编委会会议，使编委们拓宽思路，向更广泛的方向去取材选题。没有他们坚挺经典文化的执着精神和开拓进取的勇气，这部丛书是不可能跟读者见面的。我还要感谢本书所有的编委，是他们在成书过程中做了大量工作，从选材、物色译者到联系有关国家文化官员和机构，都付出了辛勤的劳动。不仅如此，他们还亲自翻译作品。没有他们的默默奉献和通力合作，这部丛书是难以完成的。在编选过程中，承蒙北欧五国对外文化委员会给予大力帮助和提供宝贵的意见，北欧五国驻华使馆的文化官员们也给予了热情关怀，谨向他们致以衷心的感谢。对编选工作中存在的疏漏和不足，还望读者们不吝指正。

2021年10月
于北京潘家园寓所

石琴娥，1936年生于上海。中国社会科学院外国文学研究所北欧文学专家。曾任中国-北欧文学会副会长。长期在我国驻瑞典和冰岛使馆工作。曾是瑞典斯德哥尔摩大学、丹麦哥本哈根大学和挪威奥斯陆大学访问学者和教授。主编《北欧当代短篇小说》、冰岛《萨迦选集》等，为《中国大百科全书》及多种词典撰写北欧文学、历史、戏剧等词条。著有《北欧文学史》、《欧洲文学史》(北欧五国部分)、"九五"重大项目《20世纪外国文学史》(北欧五国部分)等。主要译著有《埃达》《萨迦》《尼尔斯骑鹅旅行记》《安徒生童话与故事全集》等。曾获瑞典作家基金奖、2001年和2003年国家图书奖提名奖、第五届(2001)和第六届(2003)全国优秀外国文学图书奖一等奖、安徒生国际大奖(2006)。荣获中国翻译家协会资深荣誉证书(2007)、丹麦国旗骑士勋章(2010)、瑞典皇家北极星勋章(2017)等。

译　序

芬兰著名象征主义和新浪漫主义女作家与诗人艾诺·卡拉斯（Aino Kallas，1878—1956），她一生中曾在芬兰、俄罗斯、爱沙尼亚、伦敦和瑞典多地生活，被誉为芬兰最著名的女作家之一，在爱沙尼亚文坛也享有盛誉。

艾诺·卡拉斯于1878年8月2日出生于维堡附近基斯基拉（Kiiskilä，现位于俄罗斯境内）的一个讲德语的芬兰贵族知识分子家庭。她的父亲朱利乌斯·克伦（Julius Krohn）是赫尔辛基大学芬兰文学教授、诗人和民俗学家，支持芬兰人爱国运动，母亲明娜·克伦（Minna Krohn）曾任芬兰女子学校首任校长，也是一位作家。艾诺童年时生活在赫尔辛基，曾经常去维堡庄园度夏，并留下美好回忆。她10岁时父亲不幸遭遇海难去世，祖父母亦先后离世，母亲则积郁成疾。艾诺后来创作的许多悲剧性主题作品很大程度上源于其童年时期的不幸经历。

1894年，艾诺16岁时进入赫尔辛基芬兰女子学校学习。1900年同爱沙尼亚语言学家、民间诗歌学者兼外交官奥斯卡尔·卡拉斯（Oskar Kallas，1868—1946）结婚，并移居至圣彼得堡，1904年又迁至爱沙尼亚的塔尔图。在塔尔图时，艾诺加入了当地文学团体青年爱沙尼亚（Noor-Eesti），并用她的作品参与了爱沙尼亚人民摆脱外国统治的斗争。1918年她丈夫被任命为独立后的爱沙尼亚驻赫尔辛基大使，她随丈夫返回芬兰，推动了爱沙尼亚文学在芬兰的传播。1922年其丈夫被任命为驻伦敦大使，她随丈夫赴英，直到1934年返回爱沙尼亚。1941—1944年纳粹占领爱沙尼亚后，她随丈夫流亡瑞典。其丈夫于1946年在斯德哥尔摩去世，艾诺一直住到1953年才返回芬兰。艾诺与丈夫共育有五个孩子，其中两个夭折，两个在战争中死于非命，最后一个也在战后去世。艾诺于1956年11月9日在赫尔辛基逝世。

艾诺·卡拉斯在创作上涉猎广泛，擅长短篇、长篇小说、诗歌及戏剧写作。1897年出版第一部诗集《歌曲与民谣》（Lauluja ja balladeja）。1903年后的作品开始描述爱沙尼亚社会状况和人民在数百年农奴制以及德裔贵族和俄罗斯官僚双重压迫下的困境。她凭借短篇小说集《在海的另一边》（Meren takaa）在文学界首获成功。1913年问世的短篇小说集《即将起锚的航船之城》（Lähtevien laivojen kaupunki）受象征主义影响，创作风格及内容由关注社会问题转向哲学与神学问题。1922—1934年在伦敦的岁月成为她在文学创作上的辉煌时期。她的许多著名作品都诞生在那个年代，特别是被称作"致命爱神三部曲"的《芭芭拉·冯·蒂森胡森》（Barbara von Tisenhusen，1923）、《瑞格的牧师》（Reigin pappi，1926）、《狼新娘》（Sudenmorsian，1928）及其后来的《圣河的复仇》（Pyhän joen kosto，1930）。她对芬兰20世纪二三十年代的文坛产生过重要影响。她与芬兰著名诗人埃诺·莱诺（Eino Leino，1878—1926）也有过密切的交往。艾诺的戏剧作品主要改编自早期的短篇小说，包括《狼新娘》于1937年被改写为话剧在芬兰民族话剧院上演，1950年又被改编为歌剧，并被收入芬兰国家歌剧院演出名录。

在她的早期作品中，艾诺·卡拉斯使用自己独特的、带有16—17世纪爱沙尼亚古老语言特色的芬兰语写作。她在这些作品中将古老的传说与利沃尼亚编年史以及《圣经》

中的故事糅合在一起，往往通过男性叙述者的口吻讲述女主角因为禁忌之爱而最终都以悲剧结尾的故事。她通常以第一人称叙事，通篇带有散文和民谣的特点，凸显出强烈的象征主义风格，熟练应用各种暗示、隐喻，给读者留下较大想象空间和品味余地，并用不同寻常的视角观察和描述事物，具有罕见的洞察力与内在深度。她的作品中多出现相互对立的关系，如爱情与死亡、人与自然、传统与现代等。在她的"致命爱神三部曲"中，艾诺·卡拉斯笔下的女主角往往陷入禁忌的爱情，与当时的社会制度规范、权势和传统相冲突。当她们执意追随自己的内心或本能时，最后的结局都是死亡，就像在《芭芭拉·冯·蒂森胡森》中少女冲破等级的桎梏与心上人相爱，但却遭到父辈和兄弟的反对，最终被兄长沉入冰湖淹死；在《狼新娘》中，守林员的妻子艾洛夜晚变成狼人，最后被丈夫的银弹杀死；在《瑞格的牧师》中，妻子因与人通奸而被处死。

芬兰著名文学教授和评论家卡伊·拉依蒂宁（Kai Laitinen，1924—2013）称艾诺·卡拉斯为芬兰文坛上她所在年代最具国际化也是最特立独行的作家：她曾经在五个国家生活，她的家族来自欧洲，她的婚姻和笔下主题与爱沙尼亚息息相关，而她的语言和思想却是芬兰的。她的自传体小说《卡婷卡·拉柏》（*Katinka Rabe*，1920）描写了自己童年的生活。她1922年随丈夫去英国，开始了她作家生涯的最辉煌时期。如果说芬兰让她在笔耕的道路上起步，爱沙尼亚给予了她题材使她成熟，而英国则为她的文学创作提供了平台，打开了通往欧洲的道路。

在芬兰，艾诺·卡拉斯被誉为与明娜·康特（Minna Canth，1844—1897）、约都妮（Maria Jotuni，1880—1943）

和L.昂奈娃（L. Onerva，1882—1972）齐名的女作家。她曾五次获得国家级文学奖，并于1942年荣获芬兰文学终身成就奖阿莱克西斯·基维奖。她的作品很早就被翻译成多种语言，部分作品也被列入爱沙尼亚的文学宝库。2006年，芬兰专门设立艾诺·卡拉斯协会，以纪念其杰出的文学成就。

本书收入的艾诺·卡拉斯的三部作品《狼新娘》、《芭芭拉·冯·蒂森胡森》和《圣河的复仇》无论是在题材上还是在风格上都各具特色。

揭露偏见与无知的狼新娘

为纪念2017年芬兰独立一百周年，2016年芬兰广播公司启动了一项"百年独立百本图书"的活动，由芬兰广播公司资深文学记者塞普·布道宁（Seppo Puttonen）和娜佳·诺瓦克（Nadja Nowak）合作完成。他们从芬兰独立后的每一年选择一本最有代表性的图书，并邀请80余位图书博主阅读入选作品并发表自己的评论文章。《狼新娘》被选为代表1928年的图书。该书本身就是独具特色很受欢迎的芬兰经典著作，入围芬兰"百年独立百本图书"也是其应得的荣誉。

《狼新娘》描写了流传在爱沙尼亚希乌马岛上的一段凄美的故事。在17世纪的希乌马岛，守林员普利迪克爱上了年轻美丽的少女艾洛。这对年轻夫妇彼此相爱，平静幸福地生活着，与村民们也和睦相处。他们还幸运地有了一个可爱的女儿珀莱。森林里的狼群不断骚扰他们的村落。在一次围猎中，艾洛被"森林之主"恶魔塞拉利姆诱惑，突然在脑海中感受到狼的呼唤，无法再抗拒森林的低语和沼泽的魔力。在一个白色的仲夏夜，她屈服于自己的欲望，随着狼的头领加入了沼泽中的狼群，开始过起亦人亦狼的双重生活：白天守着丈夫和女儿是贤妻良母，晚上则与狼为伍奔跑在森林中。这样的双重经历持续了一段时间，终于丈夫普利迪克发现了真相。最后，艾洛深陷森林恶魔的迷惑而不能自拔，愤怒的丈夫不得不将自己的妻子重新送回森林。狼人的故事迅速在整个希乌马岛流传开来，人们对此的关注和不耐烦日益强烈，普利迪克感受到越来越大的压力。一天傍晚，艾洛回到家中，哄着她熟睡的孩子，在普利迪克的怀里度过一个梦幻般的夜晚。但是九个月后，当她临产回到村庄时，人们的敌意和无情终于爆发。她被丈夫背弃，与刚生下的婴儿一起被烈火吞没，她的灵魂回到森林。在故事的结尾，普利迪克把婚戒做成银弹并射杀了变成狼的艾洛，最终使其灵魂得到解脱。

艾洛具有双重人格，充满反差。在白天的阳光下，她温顺善良，纯洁无瑕，就像刚刚清洗过的绵羊。但是在夜晚的黑暗里，她又像森林中的野狼一样凶残，嗜血如命。而正是在这另一半的黑暗中，她似乎活得更自由、更疯狂、更充实。这强烈体现了女人分裂的自我形象：一方面，她是一个善良、谦逊、听话的妻子；另一方面，她狂野而自由。作为狼，她也许是幸福的，但却无法被世人接受，违反社会规范的女人最终必将受到社会的惩罚，这就是她的结局和归宿。

在艾诺·卡拉斯的童年时期，狼仍然是一种对人类构成严重威胁的野兽。它们袭击儿童、捕杀家畜，因此逐渐被猎杀灭绝。童年关于狼的故事也许是卡拉斯这本书的灵感来源。为创作本书，艾诺广泛阅读关于狼人的书籍和女巫审判的记录。

《狼新娘》的故事是永恒的，它涉及的主题是普遍的。在狼人童话和禁忌之爱的描述背后，人们可以找到构成人性的更深层的主题：偏见与无知以及由此产生的恐惧、人与自然的关系、集体歇斯底里的表现、女性在社会中的地位。没有比这更现实的话题了。即使狼作为森林恶魔的化身勾引了艾洛，并把她变为同类，但最终艾洛的命运却成为别人的恐惧和愤怒。*Homo homini lupus*，人对人是狼，这也许就是《狼新娘》的全部含义所在。

被兄长沉入冰湖的芭芭拉

1923年出版的《芭芭拉·冯·蒂森胡森》是"致命爱神三部曲"的第一部。如同1926年出版的《瑞格的牧师》一样，这部作品也可能被神奇的1928年出版的《狼新娘》的光芒所掩盖，但它却与《狼新娘》一样伟大，成为不朽之作。

作者通过神父马塞乌斯·叶勒米亚斯·弗里斯奈（Matthaeus Jeremias Friesner）以第一人称讲述了一个令人唏嘘不已的故事。贵族少女芭芭拉·冯·蒂森胡森于1533年出生在利沃尼亚的兰努城堡，天生丽质，一心想要嫁给心爱的人——一个普通的书记员，但这却违背了贵族达成的《派尔努协议》。因为根据该协议，贵族血统的女子不得下嫁给卑微的家庭，以保持血统纯洁。于是芭芭拉与她的情人不得不私奔。她的家人对此却无法容忍，她的兄长最终将自己的亲妹妹亲手沉入冰湖。

1968年，爱沙尼亚著名作曲家爱德华·图宾（Eduard

Tubin，1905—1982）将《芭芭拉·冯·蒂森胡森》谱曲成为三幕歌剧，剧本由爱沙尼亚作家扬·克劳斯（Jaan Kross，1920—2007）根据小说改编。

《芭芭拉·冯·蒂森胡森》的故事如此令人难以忘怀，1987年又成为另一位爱沙尼亚作家伯尔格（Maimu Berg，1945— ）所著小说《作家》（*Kirjutajad*）的主题，并于2011年被翻译成芬兰文，起名为《三种命运》（*Kolme Kohtaloa*）。书中从20世纪80年代的德国回溯至16世纪的爱沙尼亚，再重新回到现实。

一场自然与人的拉锯

《圣河的复仇》讲述了17世纪中叶发生在利沃尼亚的故事，一位名叫汉斯·欧赫姆的当地庄园主从德国请来名叫亚当·多佛尔的水磨坊建造师，要在流经庄园的一条被奉为圣河的河上修建一座水磨坊，但却遭到当地思想保守、担心圣河报复的民众的反对。建造师为消除人们对圣河的畏惧，竟当众将一条死狗抛入河中，并从外地高薪聘来工人建成了水坝和磨坊。水磨坊建成后不久当地发生大旱，粮食颗粒无收，人们纷纷将其归咎于水磨坊，认为这是圣河受到了亵渎，在对人们进行报复。最终愤怒的民众将水坝和磨坊拆毁并将建造师沉入河中淹死，一切又回到原点。

作者通过对几组对立统一的矛盾的细致描写，展现了在那个人们对自然界还不够了解因而充满盲目恐惧的年代里，人与自然、理性与激情、异教与基督教、外乡人与当地人之间的复杂矛盾冲突，情节充满张力，语言令人着迷，风景描述也让读者仿佛置身其中。

在本书的翻译与出版过程中，特别要感谢北京外国语大学的李颖副教授和北欧文学译丛编辑团队的大力支持与协助，也要感谢家人的配合与支持。此外还要特别感谢芬兰文学交流协会和芬兰剧作家协会以及艾诺·卡拉斯协会在版权和翻译等方面的支持。由于译者能力所限，译作中难免会有个别谬误，敬请读者惠予指正。

倪晓京
2023年4月于芬兰橡树岛

译者简介：

倪晓京，1959年生于北京。1977年考入北京外国语大学英语系。1979年赴芬兰赫尔辛基大学留学，并获芬兰语硕士学位。1983年起先后在中国外交部和中国驻芬兰、瑞典、希腊和土耳其使领馆工作，历任外交部欧洲司处长、中国驻芬兰和驻瑞典大使馆政务参赞、驻土耳其伊兹密尔总领馆副总领事等职务，并曾挂职云南省红河州委常委、副州长。多年从事芬兰语高级口笔译及培训工作。曾出版芬兰语译著《俄罗斯帝国的复苏》（2012）和《牧师的女儿》（2021），并担任《我们和你们：中国和芬兰的故事》（2022）副主编。其翻译的芬兰获奖作家尤西·瓦尔托宁所著当代小说《他们不知道做什么》亦将于近期出版。

冷聿涵，北京外国语大学欧洲语言文化学院芬兰语专业文学学士；芬兰赫尔辛基大学翻译与口译专业文学硕士。曾将夏笳的短篇小说《百鬼夜行街》译为芬兰语，发表于芬兰 *Nuori Voima* 杂志网站上。曾出版译著"开普勒62号"系列第一辑（1—3册）、"喵奇和汪可"系列等。

目　录

狼新娘 / 001

芭芭拉·冯·蒂森胡森 / 069

圣河的复仇 / 113

狼新娘

冷聿涵 译

一

少女艾洛是守林员普利迪克的妻子,原本平凡无奇的人类少女却被撒旦选中,每当夜晚降临便会变身为狼。以狼人的身份生活着的艾洛不得不从丈夫和亲人身边逃走,彻底消失在广阔神秘的森林中。在充满野性的森林里,艾洛和无数野兽以及"森林之主"恶魔塞拉利姆一起生活,以前的农家女孩艾洛从此以后被人们称为狼新娘。

上帝啊!请求您永远地庇佑我们的灵魂和肉体,免受所有危险与苦痛,就如同银色的盔甲保护我们的身躯,使魔鬼的箭矢无法刺痛我们的身体!

二

这个真实而悲伤的故事发生在很久很久以前,爱沙尼亚有一座叫希乌马的岛屿,贾各布伯爵是这片土地的领主,岛上有一个叫作莫伊萨的村庄,尼古拉是乡村里受人敬仰的主教。守林员普利迪克和他的家族世世代代都生活在这片土地上,繁衍生息。作为一名守林员,普利迪克拥有傲人的本领,只要是有关森林的工作,他都做得如鱼得水。普利迪克家的木屋与哈瓦河旅馆毗邻而立,附近是一片低洼的湿草地,这也是村民们狩猎狼群的地方。贾各布伯爵特地命令将这片土地永远地预留下来供村民们打猎使用。

很久以前的那个时候,诸如野狼、狗熊、山猫此类的森林野兽在爱沙尼亚和利沃尼亚①地区的森林里群居而生,繁衍得十分迅速,导致其他旅人总是会在这件事上多加几分注意,路上碰见的时候更感到惊诧。从战争时期开始森林里的野兽就格外猖獗,现在情况也没有丝毫好转。即使这块土地和它的人民如今都生活在瑞典帝国的统治下,过着平静安宁的生活,而我们不幸的老敌人——那些野蛮粗

---

① 利沃尼亚(Livonia),亦称利夫兰,Livland 是中世纪波罗的海东岸现在爱沙尼亚和拉脱维亚大部分领土的旧称,曾先后由圣剑骑士团、条顿骑士团、波兰立陶宛联邦和俄罗斯统治,上层社会曾流行德语。

鲁又无知的莫斯科人只能永远躲藏在纳瓦河的沿岸，无能地发泄怒气，如同受伤的野兽舔舐伤口。

希乌马岛森林中的狼群也变得越来越狂妄。当饥饿的感觉控制了野兽的五脏六腑，失去了理智的它们毫无疑问是最勇猛无畏的存在。当然，凶残本就是它们与生俱来的本性。当寒冷的冬天来临，野外觅食无法再填饱它们的肚子，村庄内家家户户竖起的篱笆再也不能阻挡它们的脚步，野兽们开始肆无忌惮地闯进村民们的院子里，如同胜利者一样将羊圈打劫一番，连院里看门的狗也不会放过。夏天时三三两两的单独行动到了冬天便变成了成群的侵袭，狡诈的野兽们甚至会悄悄埋伏在路边，一旦发现有行人路过，便冲进其中抢夺战利品。因此，冬天的时候，过路的人们便学会把木杆绑在一根长长的绳子上，然后再拴在雪橇后面，用来吓退扑过来的野兽。

森林里的野兽本就是由恶魔撒旦创造的（难道撒旦不就是最邪恶的那只狼吗），或者说是撒旦的仆人。它们不再满足于生活在克普和特纳地区的森林里，尽管这是它们很久以来的家园，反而成群结伴地向远处的克格思森林出发，来到了希乌马岛上生活，在这里繁衍后代。母狼们在这里诞下幼崽，秋天来临的时候，小狼崽已经长大到可以跟在父母身边在岛上四处闲逛觅食。

从此以后，希乌马岛上便一直存在着这群无法解决的"大麻烦"，甚至可以说是可怕的灾祸。贪婪的本性驱使着狼群掠夺捕食更多的食物，即使它们的胃口根本无法容纳。

莫伊萨村庄的村民、希乌马岛的领主贾各布伯爵，甚至瑞典王室都想了许多办法驱赶狼群，普通村民也想尽办法并花了许多钱想要杀死森林里所有的狼，然而并没有任何用处。村民们设下陷阱、洒下毒药，或者穿着盔甲埋伏在路边，但是这些都无法消灭可怕的敌人，即使带上训练有素的狗去驱赶狼群也无法吓到它们。狼群享受地生活在这片森林里，就好像撒旦的阴谋在这里生根发芽。

每到冬天的夜晚，尤其是圣诞的时候（十二月在人们的口中也是狼之月），都会听见狼群饥饿的咆哮，好似强壮的勇士向着夜空发泄心中的怒气。传说，这是因为上帝总是把天上的云彩和地上的沙石撒给饥饿的狼群吃，就像是给狗扔一块根本没有肉的骨头一样，愤怒的狼群自然会仰天长啸。院子中马棚里的马总会被怒吼声吓一大跳。

不幸的是，这些可怕的狼群只不过是恶魔派向人间的先行兵，狼群兴奋地把整个森林和村庄当作自己的狩猎场，在它们的侵袭下，没有安宁之处。

不仅如此，更糟糕的是，连人类的孩子也开始学习像狼一样奔跑，像狼一样生活，如同恶魔向他们施展了巫术，让他们彻底迷失了自己。希乌马岛在人们的眼里似乎是一个被遗忘的角落，就像是世界的极北之地图勒岛一样，而这种诡异的巫术从基督教力量最为强大的地方（比如德国、波西米亚①、西班牙和法国）开始蔓延之后并没有放过这个北方的岛屿，终于，狼人开始在这片土地上出现。以前的王室和贵族定期去教堂做礼拜，欢欣地享用上帝赐予他们的圣餐，高贵的他们无法忍受任何一丁点儿鲜血的味道，但是现在的他们却能够像野兽一样撕扯鲜血淋漓的羔羊。

上帝打开了关着恶魔的铁笼，这个事实不用怀疑，因为这是狼人亲口讲述的。所有的狼人都需要在宗教法庭上

---

① 波西米亚是中欧的地名，原是拉丁语、日耳曼语对捷克的称呼，占据了古捷克地区西部三分之二的区域。

接受审判，或者用水刑来判断受审人的身份。水，是纯洁的象征，因此绝不会接受任何与魔鬼和巫术有联系的异教徒，只会毫不犹豫地暴露出肮脏的狼人。许多狼人会和巫师一样被用火刑处死，只有这样才能净化他们的灵魂，尽管他们的身体已经化为灰烬，灵魂却得以升天。

希乌马岛上的许多村民，原本是忠诚的上帝信徒，却掉入了魔鬼撒旦的圈套，如同他设计的一样变成了狼人。尽管魔鬼撒旦曾经在利维岛上勾引了一个大庄园的女主人，让她投入了自己的怀抱，但是通常情况下，他蛊惑更多的是那些普通的、没有受过教育的村民，因为后者没有太多可能接受上帝的馈赠和保护。

但是，谁也无法肯定自己能够永远地逃脱撒旦精心的计谋和蛊惑。面对撒旦的勾引，高尚的品德、虔诚的信仰、绝顶的智慧和无畏的勇气都派不上用场，即使你无比小心谨慎也可能掉入圈套。

三

普利迪克是莫伊萨村庄的一名守林员,年轻又英俊,并且还没有结婚。夏天的一个早晨,他穿过狭窄的海峡,去往希乌马岛的东南方向,一个叫卡萨里岛的地方买羊羔。碰巧的是,那天风平浪静,就像是空中的风正在度过一周中唯一一天休息日,天空中飘浮着几缕白云,像是画眉鸟的肚皮上长了几个斑点。炎热的夏天,大地也在散发热气,像是一口巨大的熔炉。

不知走了多久,爬过多少座山丘,卡萨里岛的全貌终于在他面前展开。他注意到,其中一个海角上格外热闹,他的耳边突然涌来女人们焦急的叫喊声和羊群咩咩的声音。当他慢慢走下山坡的时候,看见几百只羊沿着岩石海岸如无头苍蝇般乱窜,其中还有光着脚的小孩子和一群少女正拿着桦树枝做的藤条一边挥舞一边打算把羊群赶到水边。夏天的时候,想要给羊洗澡只能这样做。但是羊不会乖乖听话,坚持从女主人们的包围中逃走,甚至反过来追着人到处跑。等到普利迪克终于来到海边的时候,所有的羊正好都被逼到一个角落处,放羊的孩子们手拉手站成一排,赤着脚向毫无退路的羊群逼近,不让它们有一丝逃脱的机会。

普利迪克打量着眼前这群羊,羊身上的毛仍旧像在冬天似的乱七八糟，又脏又长，并没有被修剪过。他看着这几百只羊躁动不安地聚集在一起，如同一支躁动不安的队伍四处寻找出路，之后一边喘着粗气一边傻乎乎地一只接着一只地爬到同伴的背上去，像是羊群中混入了狼一样，伸长了脖子咩咩地叫个不停，听起来凄惨又悲伤。老羊和母羊守护在小羊羔身旁，它们的蹄子也交错在一起，这次的羊群暴动可不是小场面。

守林员普利迪克一直安静地待在旁边看着眼前发生的一切，他并不着急离开，而是悠闲地隐藏在附近大石头的阴影下。女人们手脚麻利地从羊群中捉出一只又一只自己之前已经做好标记的羊，匆忙之中她们并不关心自己手中抓住的是羊的前蹄子还是后蹄子，而是不带有一丝怜悯和犹豫地把可怜无助的羊拖进水中，两人结伴用水清洗脏兮兮的羊毛。

这时，原本悠闲地站着的普利迪克把目光投向水中一位正在清洗羊毛的少女。和其他女人一样，少女站在水中，胸部以下都没入水下，不过少女并没有和其他女人聚在一起，而是单独站在稍远的地方清洗手中这只在不停抵抗的母羊。这只母羊并不老实，一直想从少女的手中挣脱出去。

普利迪克猜想这位少女一定还没有结婚，因为她有一头茂密松散的长发和鲜艳的发带。少女并没有像其他人一样用力拉扯手中的母羊，也没有急躁地发脾气骂骂咧咧或者抱怨，而是尝试用温柔怜惜的语气安抚手中的母羊，像是哄孩子一般和羊说话。

等到少女把母羊从头到脚洗了一遍，母羊便迫不及待地从少女手中挣脱出去，边走边甩干净身上的水，像是一只溺水的小狗。

水中的少女此时也浑身湿透地上了岸，身上的衣服还在不停滴水。

藏在阴影中的普利迪克能够清楚地看到这位少女的身材，湿透的衣服已经无法起到遮掩的作用了。普利迪克的视线毫无阻挡地落到少女身上。少女有一头红棕色头发，像是水草被染上了一层红锈。漂亮深邃的黑色眼睛像是沼泽里的水般沉静。

这时，少女又抓住另一只羊，轻柔地把它的下肢举了起来，然后扛着沉重的负担回到了水中。普利迪克被眼前的少女所震惊，年轻娇小的少女竟然能熟练地用胳膊把看起来就很重的羊一把扛起。

守林员普利迪克呆立在大石头后面，直到所有的羊都洗完澡了。

孩子们松开手不再围成一圈，羊群迫不及待地四散开来，像是后面有死神在追赶。

给羊洗完澡的女人们穿着湿透的衣服待在温暖的海水中和同伴嬉戏打闹，像是打水仗般把水泼到同伴的脖子和脸上。

一场庆祝之后，疲惫的她们终于上岸，准备换上干净的衣服回家。

然而，普利迪克却并没有打算离开，而是向海边走去，目光仍旧紧盯着少女的动作。

少女也来到岸边，向僻静处走远了一点，害羞地脱下湿漉漉的亚麻上衣和裙子并扔到地上，她根本没有察觉到，一位陌生的男人正用火热的目光肆无忌惮地欣赏她的纯真美丽。

普利迪克仔细打量了一会儿，发现少女左侧胸脯的下方似乎有一块棕色的印记，看起来像是飞蛾的翅膀，人们通常会把它当作魔鬼的标记。

少女换上干净的衣服后把湿透的衣服捆成一团。

等到所有人都换完衣服，大家一起向村子走去，留下孩子们在这里继续放羊。

此时的普利迪克自言自语："我敢肯定，这位少女一定本性温和，因为她对手中的羊都能如此温柔耐心，既不用力拉扯它们也不暴躁地辱骂。这样的话，她岂不是会更加温柔耐心地照顾自己的丈夫和孩子（如果上帝愿意赐予她珍贵的孩子的话）？她也一定会管理好家中的仆人和牲畜，用心地打理好自己的家。和她在一起生活，对一个男人来说岂不是一件非常美好幸福的事情？"

普利迪克这样对自己的内心说道，并不把少女胸上魔鬼的标记放在心上，那一头红棕色的头发仿佛也是对普利迪克的警告，然而普利迪克并不在意，他已经彻底掉入了爱情的陷阱。

半年之后，这位来自卡萨里岛的名叫艾洛的牧羊女就成了莫伊萨村庄守林员普利迪克的妻子。原本去买羊的普利迪克却阴差阳错地从羊群中为自己带回来一个妻子。

四

正如一天分为两半，白天和黑夜。按照这个道理，白天的孩子和夜晚的孩子也不一样，白天的烦恼不一定是夜晚的烦恼，白天要做的事不一定是夜晚要做的事。然而，事实上，还有第三种可能，那就是白天和夜晚交替存在。这一切都随着时间的推移变得越来越清晰。

莫伊萨村庄的守林员普利迪克和年轻的妻子艾洛过着平静幸福的生活，村子里喜欢嚼舌根的女人们也无法说起他们的闲话，夫妻二人齐心协力地过好自己的小日子。他们不与人争执，和村里其他村民也相处得极好，宁静的生活不被外人打扰。作为虔诚的基督教徒，他们经常去教堂参加圣餐礼。普利迪克和艾洛不仅信仰上帝，对于世俗的权力，比如说这片土地的领主也十分尊敬恭顺，这一切都体现在他们的言行之间。关于艾洛，没有人能够说她一句坏话或者指责她，因为她堪称"早起的鸟有虫吃"的典范，总是最早起床，并且心地善良，十分愿意帮助别人，对于别人的请求从来不敷衍了事，脾气极好，几乎没有人见她抱怨过，也从不急躁，只是安静地干活。她就像是一株温柔的小草，顺着风吹过的方向弯腰，从不反抗。不过仍有人对她苍白的脸色和红棕的发色感到奇怪。远远地看起来，一头红棕发像是被阳光点燃一样在燃烧。现在的头发比起初次在卡萨里岛上见面已经短了一些，冬天的时候艾洛会把红棕色的头发藏在厚厚的斗篷下，夏天则会系上又长又窄的头巾，头巾两端的蕾丝会一直垂到她瘦削的肩膀上，打扮得和其他已婚的妇女一样。

守林员普利迪克和他年轻的妻子艾洛成婚不到一年便拥有了第一个孩子，是一个女孩，出生后不久便在皮哈莱教堂进行受洗，被命名为珀莱。

幸福的日子却并没有这样一直持续下去，要知道魔鬼撒旦对这种平静安宁的生活憎恶不已，因此，他精心选中了这个年轻的妻子艾洛，就像是给羊群中待宰的羔羊做标记一样在艾洛的身上留下了印记，狡猾地等待着这只可怜的羔羊落入自己的怀抱。

如果说陶艺工人可以用同一块黏土捏成罐子，或者做成砖头，那么恶魔也可以用巫术把一个人变成狼，变成猫，或者山羊。不管恶魔从这个被选中的人身上拿走什么或者赠予什么，结果都无法改变，这一切就这样自然而然地发生了，就像是在制作陶艺的时候要先把黏土揉在一起，然后捏成自己想要的形状。如果恶魔是陶艺家的话，被恶魔做下记号变成巫师的人类就是任恶魔揉捏的黏土。

转眼间来到了三月，莫伊萨村庄又要开始准备一年一度的狩猎节，这个时候几乎村里所有的成年男子都要去狩猎野兽，也就是万恶的狼群。索拉海峡的坚冰开始融化，直到那薄薄的一层浮冰无法再支撑住哪怕一只脚的力量，这也代表着狼群的退路被封住了。

村民们就像是准备一场盛典一样准备这次捕猎的行动，哈瓦河旅馆已经备好了白酒和啤酒，前来助兴的吹风笛的演奏者早已做好了准备，毕竟，即使是打猎也需要歌声与舞蹈的陪伴。

负责放哨的村民隐藏在湿润的沼泽地中，以前用过的旧长矛布满了铁锈，擦亮后闪耀着暗红色的光。

不过，不仅仅是村民们对这次行动兴奋不已，魔鬼撒旦的阵营也为此感到十分高兴，他们等待这个时机的到来已经很久了。

一天清晨，藏在树顶从而方便观察远处和四周的村民发现了狼的身影。

所有克莱门村、万勒苏村、哈格斯汀村、普利斯汀村、万培村、萨勒维村还有西利克斯村的男人们都闻讯而来，准备吹响打猎的号角，迫不及待地想要捕捉到战利品。村子里的每一户人家出两个或者三个成年男性，再加上女人和孩子们，一共八百多人，包括普利迪克所在的莫伊萨村庄的守林员们，大家一起准备与狼群进行战斗。

这一天的温度很低，十分寒冷，树上的积雪已经融化，只露出光秃秃的树干，但是地上和沼泽上仍覆着一层霜冻。

守林员普利迪克一大早上就来到了哈瓦河旅馆，就像是来到了繁荣的集市，到处都是喧嚣的吵闹声，村民们穿上了最华丽的服装，仿佛来参加节日庆典。

艾洛也随着丈夫一起来观看这场声势浩大的狩猎行动以及参加之后的庆祝宴会。艾洛穿着带有蓬松袖子的宽松上衣，下身穿着深棕色条纹长裙，裙子的下半部分缝有规整的花边。天气仍旧寒冷，因此艾洛披着一身棕色斗篷，斗篷上的连衣帽扣在头顶，漂亮的红色丝带系在脖颈处。腰上系着一条由锃亮的铜钱穿成的链子所做成的腰带，一侧挂着一把装在剑鞘里的小刀，另一侧挂着看起来十分精巧的针线包。

打扮得美丽动人的艾洛跟在丈夫身后亦步亦趋地向前走,她没有意识到前方可能正有未知的危险在等待着她。艾洛的心情十分愉悦,此时的她像是一头年轻的母鹿,她漂亮柔弱的面孔对于其他人来说也是一道美丽的风景。

狩猎开始了。首先,使用长矛的村民们带上大网去往打猎的地方,他们骑着马,手中握着笔直的长矛,整齐划一地前进,就像是西伯利亚的游牧民族在大草原上奔袭。

紧随其后的是剩下的真正要四处追击狼群的村民们,他们组成了队伍,绕着希乌马岛行进,森林里顿时充满了各种吵闹声。村民们一边走一边向空中打响猎枪,如果狼群狡猾地藏在密林深处的话,可以用枪声来把隐藏在森林中的野兽吓出来。

希乌马岛不再平静,到处都是枪声和男人们的呐喊声。之前,宁静的森林里只能听见大雁和鸟儿时不时的高声鸣叫,或者野兽的咆哮声,然而现在却各种声音杂乱无比。

守林员普利迪克骑着马快速地向着狩猎的地方奔去,也就是按照贾各布伯爵的命令专门为狩猎预留出来的那一片宽阔湿润的低洼草地,草地的另一头是高高的、用石头搭起来的围墙,围墙后藏着专门用来捕猎野兽的大网。

普利迪克和其他守林员现在正藏在草地两旁灌木林的后面,小心翼翼地不敢发出一点声音。

突然,树上的画眉像发出警报一般尖叫起来,与此同时,两头奔跑着的狼进入了守林员们的视线,它们的身后紧跟着拿着长矛的村民,咆哮声与呼喊声此起彼伏响彻整片森林。这两头狼根本无法再藏进灌木丛里,因为村民们带来的狼狗正在那里狂吠。它们飞快地逃命,四条腿迅速地奔跑,深色的长舌不自觉地从嘴里伸出来,耷拉在下巴处。

艾洛，作为守林员普利迪克的妻子，和其他旁观的村民站在一起，看着被追赶的恶狼在死亡阴影的笼罩下惊恐地逃窜。

一旁的村民们被猎枪的硝烟遮掩住，身后和侧面传来急促的枪声，不带有一丝停歇。艾洛勉强看见两头狼中跑在最前面的那头狼似乎有些瘦弱，紧随其后的第二头狼却是高大威猛，真正的森林野兽。这头狼的四肢壮硕，身躯修长，一身灰色的皮毛没有一点杂质，鼻子又挺又尖，宽广的额头增添了它的气势，冷酷的双眼充满了愤怒和仇恨。

就在这时，一声呼唤传入了艾洛的耳朵："艾洛！我亲爱的艾洛！和我一起走吧！"

艾洛吓了一跳，像是被子弹击中了身体般不知所措，她已经无法去追寻刚刚到底是谁在向她发出呼唤。她的整个灵魂和身体像是被卷入狂风中，像是有一股莫名的力量把她的双腿从地面拔起抬到空中，让她在旋转的疾风中打转，好似风暴中孤零零的一片羽毛。她感觉到自己越来越无法呼吸，在原地苍白着一张脸，毫无血色。

所有的这一切都发生在一瞬间，如同海鸥振翅般迅速。

从眩晕中恢复过来后，艾洛看见刚才的第一头狼的身体已经摆好了姿势，脑袋、四肢还有尾巴绷紧成一条直线，下一秒便蓄势快速地跳过了那面用石头做成的围墙，因为它本以为障碍的后面就是生存的希望，然而它却不知道，在那里等待着它的只有死亡。

这时，那头更强壮、更高大的狼趁着所有人的眼睛都放在它的同伴身上的时候，迅速地从旁边溜走，突破了村民们的防线，逃进了森林里。

艾洛急匆匆地跑到石头围墙的后面，看见那里已经有头狼落在大网里挣扎，大网牢牢地套住了它的整个身体，不给它一丝逃跑的机会。这头误打误撞落入陷阱里的森林野兽狼狈地粗喘，它的身体像是要散架了一样，口水止不住地从深色的上颚流到尖锐的牙齿之间，旁边的村民们轻蔑地看着眼前的猎物，不时地嘲笑这头自投罗网的野兽。

村民们纷纷拿起长矛准备把它们一齐插入猎物的身体里，艾洛的丈夫普利迪克也站在其中。

而这时，艾洛又听到了刚才的呼唤声，这次的声音听起来更远一些，像是从森林深处传出来的，她发现，只有她自己能听到这呼唤声："艾洛！我亲爱的艾洛！和我们一起走吧！"

这一声声呼唤仿佛是诱人的邀请，吸引艾洛到森林和沼泽里去。

此刻，恶魔终于降临到她面前，使艾洛被深深地蛊惑。

这个恶魔就是"森林之主"——恶魔塞拉利姆，森林中的狼群都是他的仆从，他就生活在森林中和沼泽地里。他勇敢无畏，是自由和力量的象征，同时他又暴躁易怒、神秘莫测。他没有翅膀但是却飞得很快，如狂风般疾速。另外，他又如跳动的心脏般火热。只是，他却只能永远被黑暗束缚。

这时，普利迪克已经把长矛插进瘫倒在大网中的野兽的身体，其他的男人也和他一样毫不犹豫地动手，野兽温热的鲜血立刻喷溅出来，射在空中，洒在地上。

即使恶狼已经死去，村子里的大狗们仍旧不敢触碰眼前的狼肉，即使狼肉所散发出的酸甜的味道已经铺满它们的鼻子，直冲喉咙。最终，这些狼肉就留给秃鹰饱餐一顿了。

　　当天晚上,哈瓦河旅馆里传来快乐的呼喊声,风笛欢快的演奏为这次庆典增添了许多气氛,男人们再次举起猎枪,鸣枪助兴。村民们共同品尝着美酒庆祝这次打猎的胜利,少男少女们也跳起欢快的舞步。

五

噢，那些数不清的巫师，谁也不知道到底有多少个，在上帝诞生前和诞生后与魔鬼撒旦共舞，参加撒旦的庆典，随便举几个例子吧：《圣经》中的西蒙；古希腊神话中的喀耳刻和美狄亚；罗马皇帝中的卡拉卡拉、尼禄、尤利安；罗马主教中的西尔维斯特二世、亚历山大六世和儒略二世；还有最近的浮士德和约翰内斯！他们都背叛了上帝！而艾洛，一个生活在希乌马岛上的普通人，又如何能抵挡得住魔鬼的召唤呢？

从那天莫伊萨村庄举办的狩猎之后，守林员普利迪克的妻子艾洛开始不受控制地想要跑到森林和沼泽里去，她想要远离人群，甚至脱离基督教教会。出生之后便受洗并参加过圣礼的她原本是最为虔诚的教徒。那个把她迷惑住的魔鬼像是在她的血液里点燃了一把火，让她不得不遵从撒旦的愿望，从人变成狼。这对艾洛来说是一个不可拒绝的选择，每当黑夜降临的时候，森林里的狼群便开始慢慢向村庄附近移动，逐渐靠近人们的住处，所以它们的咆哮声传入村民们的耳朵里便听得格外清晰。坐在家门口门槛上的艾洛本在不停地干活，她突然定在原地，眼神飘向森林深处，狼群的咆哮声碰触到艾洛的耳朵，涌进她的脑海，像是世间最美妙的琴音、最动人的呼唤。艾洛顿觉，自己甚至也是其中的一员。

艾洛的丈夫普利迪克则一边祈祷一边给牛棚拴上了新锁，并且以防万一还用铁锹别在门把手上。此外，他又买了一条跑起来十分迅猛的狗看家护院。这一年的春天，他一次都没有让家里的仆人到离家太远的地方去放牧。尽管他知道，春夏的时候，森林里的野兽有足够多的食物和猎物，比如野兔、狐狸、刺猬和鸟，因此它们并不需要到村子里俘获牛羊来充饥。

但是这一次，森林中的狼既不想要牛也不想要羊，更不想要小马驹，它渴求的是一位年轻美貌的女人的灵魂和身躯，并把此当作自己的猎物，这更是魔鬼派给它的任务。

这一年的春天，艾洛也小心谨慎地提醒自己，千万不要一个人跑到沼泽地里去，更不能单独前往森林深处，她能感觉到，那些地方隐藏着巨大的危险。她并没有完全忘记自己当初成为基督教徒时的承诺，受洗时的圣水仍在保护她的灵魂。然而很长时间以来，她都在恐惧和渴望之间徘徊。她在燃烧得越来越旺的渴望的火焰中成长，好似地里的庄稼，接受阳光的普照和露水的恩惠，只等待着丰收的那一刻。

艾洛内心的斗争持续了很久，死亡的想法让她烦恼不安，她像是能预见到未来即将到来的充满悲伤的死亡。身边的一切对于她来说都如同死神到来的预兆和标志，她从中得到了提醒和警告，并用到了自己的身上。

早上起床的时候，她会问丈夫普利迪克："昨天晚上，雕鸮在树林里叫个不停，你知道这意味着什么吗？"

或者，她也会说："蚂蚁都从楼梯间的细缝里跑了出来，还爬过了门槛——这一定不是好兆头。"

她并不期待从丈夫那儿得到问题的答案，只是想把这些憋在心底的话说出来，减轻内心的烦躁和负担。

又有一天，她在森林边缘转了一圈回来后说："今天，我在森林里看见了很奇怪的事情：树林间飞舞的蝴蝶长着黑色的翅膀，上面还沾着黄色的泥沙，就好像皮哈莱乡的主父那件最华丽的礼服，只不过主父的礼服的边缘是蜂蜜般的金黄色，上面还有天蓝色的圆圈。你说，是谁要死了呢？"

撒旦那支被施了巫术的箭矢早已经射中艾洛，不知不觉中，那带毒的箭已经动摇了她的内心，地狱中的恶魔不禁狂喜，他的猎物已经无法逃脱，胜利就在眼前了。

仲夏节转眼间到了，普利迪克必须得去往艾马斯特村参观最近做好的木船，好为以后自己做船作参考。这次他一共要去两天，所以艾洛只能和女儿珀莱留在家里，还有一位年迈的仆人照顾她们。院子里还有几个负责放牧、看管牲畜的少年。

从异教盛行的时期开始，仲夏夜就是巫术和恶魔横行的夜晚，每到这个时候，恶魔们都会在外游荡，巫师们会在黑夜的保护下做许多坏事。比如，这天晚上，他们会把带有巫术的药水涂在村民家的大门上和畜栏的门把手上，或者对着正在生长的粮食念出咒语，等到丰收的时候这些被诅咒过的粮食将会颗粒无收。岛上的村民还说，仲夏夜这天晚上，水妖纳奇会变成年轻女人的样子诱惑小孩子来到水边，然后带走他们。

今年的仲夏夜，莫伊萨村庄和附近村庄的年轻人都兴高采烈地去荡秋千，晚些时候点燃仲夏篝火，围着篝火舞蹈。年轻的未婚少女们会提前采好花然后睡觉前放在枕头下，期盼能在梦中见到未来丈夫的样子。年纪大一点的人则负责看家，防止巫师溜进来做坏事，时刻提防着巫师邪恶的眼神，不让他们狡诈的目光停留在自家的院内。

然而，艾洛在这个晚上哪里也没有去，她就坐在院子里的篱笆下。

夜晚悄悄来临，蜜蜂躺在金色的花蜜中休息。大家都沉浸在梦乡中，女佣已经早早地上床休息，孩子乖乖地睡在摇篮里，负责照顾家畜的少年也早已入睡了，家中的织布机、捕鱼网、石臼也都入睡了，就连院子里夏天用来做饭的厨房也不见一丝炊烟升起。

那块艾洛在冬天时织好的亚麻布，漂白后被展开扔在草地上，然而这块微黄色的亚麻布并没有和大家一样入睡，反而在夏日傍晚的光照下飞快地穿过院子，到处跑来跑去。

坐在篱笆下的艾洛看着太阳——造物主的眼睛，下降得越来越快，最后只高出地面一点点，如同浆果般大小，然后便完全消失了，真正的夜晚终于降临，带来凉意。

这时，艾洛的耳朵里再次传入相同的呼唤声，和打猎的时候听见的一样："艾洛，艾洛！我的女孩艾洛！快和我们一起走吧！"

然而这次的呼唤听起来既不像是邀请也不像是引诱，更像是不能拒绝的命令——艾洛必须要服从的命令，尽管艾洛明知道这会将她引向死亡和从人间永远消失。

这次，艾洛再也无法抵抗了，她完全忘记了自己基督教徒的身份，忘记了耶稣，忘记了上帝，忘记了以前正是因上帝的庇佑她才能免受苦难和死亡。艾洛忘记了以前所受的上帝的馈赠，正如《圣经》中英雄基甸的故事，他把以色列人从苦难中拯救出来，可是以色列人却忘记了他们的英雄基甸。

艾洛心甘情愿地将自己的灵魂和肉体都交给魔鬼，由魔鬼指引她前行。

就连她最珍爱的天真无辜的孩子的呻吟都不能阻挡她的脚步，因为除了狼群一声声的邀请之外，她的耳朵已经隔绝了其他任何声音。

天色已经很晚了，艾洛脱下脚上的鞋，地面上落下一层清新的露水。艾洛赤着脚走出家门，沿着小道向大概五千米外的沼泽地走去。

脚下的小道是放牧时由牛羊随意践踏出来的，艾洛走过无数条交叉路口，心脏怦怦直跳，像是有一只不安分的小鸟正在胸腔里跳跃。

过了一会儿，艾洛抵达了沼泽地旁，就站在沼泽边上，周围长满了白色的杜鹃花，硕大的云莓和白花花一片的羊胡子草，远远望去仿佛一片烟雾缭绕。艾洛站在这里，彻底远离了村庄的喧嚣，听不到公鸡的鸣叫、狗的狂吠还有教堂神圣的敲钟声。

沼泽中的一个个水坑仿佛一双双眼睛正紧盯着这个在深夜里来只身到沼泽旁的年轻妻子。

艾洛在草丛间轻跳，低矮的幼苗和蔓越橘沉甸甸的枝干不时地触碰她裙子的下摆，像是要拽住她的衣角。

艾洛最终来到了沼泽地的中央，那里生长着挺拔的松树、鲜艳的野樱桃树和花楸树，地面硬硬的，针叶和球果凌乱地分布在地上，随处可见大大的蚂蚁洞穴。

这时，艾洛想起来一个古老的神话，她用手折下一根野樱桃树的树枝，来回挥动三次。很快，艾洛就发现沼泽周围生长的凤尾草一下子开出鲜艳的蓝色花朵，在黑夜中如同耀眼的蓝色火苗。

人们总说,凤尾草一年只开一次花,那唯一的一次就在仲夏夜。

蓝色的凤尾花周围像是燃烧起了蓝色的火焰,沼泽的心脏仿佛正从中诞生,又像是毒蛇正直起上身围成一圈跳舞或者是几百个圆环在半空中飘浮转圈。森林中的精灵和狐妖站在花朵的两边,向中间弯腰,好似周围燃烧的火焰是地狱的冥火。

沼泽地中的狼群队伍十分庞大,森林作为狼群的守护者在这个夜晚把野兽交给了沼泽。附近岛屿上的狼群都集结在了一起,它们围成一个大圈坐在一起,好像在讨论些什么,粗大的尾巴落在脚后跟,身上的皮毛杂乱无章,奇怪的是它们并没有如往常一样咆哮。

艾洛认出来坐在最前面的那头狼就是狩猎那天从村民手中逃脱的那头,她一下子就认出来它那充满力量的四肢和冷酷的眼神,并明白,它就是眼前这个狼群的首领。

然后,她发现旁边一个大大的石头洞里有一块崭新的灰黄色狼皮。

此刻,在魔鬼撒旦力量的驱使下,艾洛完全忘记了她之前的生活,丈夫、孩子、仆人、牲畜、上帝和信仰都从她的脑海中消失了。她像是要永远地沉浸在这如深渊般的沼泽中。

(传说,恶魔所拥有的力量是上帝给予的。这力量可以呼风唤雨,也能够把拥有虔诚信仰的人变成狼。)

艾洛捡起狼皮披在身上,很快,她觉得自己的身体变得十分陌生,白皙的皮肤完全融合在厚实的皮毛下面,原本小小的脸庞变得又窄又尖,挺拔的鼻子伸向前方,薄薄的耳朵也变成竖起来的狼耳，一张嘴就能看见其中骇人的獠牙，野兽尖锐的指甲将会成为她的利器。

在恶魔狡猾的计谋下，狼皮、指甲、獠牙还有耳朵与艾洛融为一体，好似艾洛本就是以狼人的身份从母亲的子宫降临到这个世界的。

随着艾洛与狼的身份逐渐融合，她的身体里那些野兽所拥有的属性和渴望也开始苏醒，她变得嗜血、好战、暴虐、残酷、冷血。身体内流动的血液也变成了狼血，她已经真正变成了一只狼。

艾洛和其他同伴一样，仰天长啸，冷酷又兴奋的号叫像是在她心底压抑了许久，如今终于可以释放内心的渴望了。她找到了自己的同伴，身旁的同伴们此起彼伏的叫声都是在欢迎她的到来。

六

在这个仲夏夜里,守林员普利迪克的妻子艾洛第一次以狼人的身份在森林里奔跑。

艾洛和狼群的其他同伴一起,离开沼泽地,奔跑着穿过森林、荒野,一路朝着西北方向的科格思岛奔去。

艾洛感觉自己身边的世界完全变了一个样子,所有的一切对她来说都充满了新鲜感,她像是第一次用自己的双眼感知整个世界,就好似人类的祖先夏娃,屈服于蛇的诱惑,从知善恶树上吃了禁果,从此之后一切都发生了翻天覆地的变化。

艾洛全身的肌肉因为所拥有的全新的强大的力量而绷紧,她根本不在乎前方的路还有多长,只是精力充沛地越过沼泽,敏捷地跳过倾倒在地上的粗壮树干。如同一阵疾风,迅速地奔跑着。

沼泽和森林里到处都充满着不同的气味,以前作为人类的时候,艾洛根本没有注意到这些杂乱的味道,现在这些陌生的气味彻底惹恼了她,让她感到非常烦躁,就像是她一直在追逐着气味奔跑。不过不同于作为人类时的一无所知,她现在已经渐渐能准确地分辨这些气味是来自哪种动物。四面八方的气味纷纷涌入她的鼻孔,比较熟悉的有狐狸的味道、松鼠的味道,其他的还有鹬鸟、松鸡以及随处可见的刺猬和野兔的味道。

黑暗的夜晚，狼群奔袭在森林中，寂静的村庄潜伏在远处，然而村庄里随风传来的牲畜的鲜美味道却勾起了艾洛内心的渴望，她浑身的血液因为兴奋而翻涌。艾洛闻到了村庄里家家户户养着的牛羊和小马驹格外诱人的香味，让她头晕目眩，狼的本性让她因此兴奋起来。

突然，一股奇怪的味道向着狼群扑面而来，这股味道十分奇怪，仿佛充满力量，给它们带来可怕的感觉。艾洛感到自己胸腔里跳动的心脏甚至停止了一瞬间。这时，她看见其他的兄弟姐妹，她的同伴们都纷纷停下了奔跑的脚步，耸了耸鼻子使劲嗅了嗅空气，紧接着以较之前两倍的速度向前方奔去，像是愿意为这股味道牺牲自己的生命。艾洛想，前方或许就是狼的天敌。

好比如今的蛇与人之间向来不和。同理，造物主也在狼与人之间结下了永恒的仇恨，这两个族类要世世代代永远互相迫害下去。

等到经过某条小道时，艾洛灵敏的耳朵分辨出一声短促的咔嗒声，接着看见了一丝闪光，然后传来砰的一声，听起来隆隆作响。这时，所有的狼因为恐惧而失去了方向，一头扎进森林里最黑暗的深处。

变成狼的艾洛也像是感知到了什么，突然间变得小心翼翼，她开始怀疑身边的一切，好似到处都潜藏着危机。她低头闻了闻地上的草丛和掉落的树枝，十分害怕不知在何处或许就有人类给狼群设下的陷阱，草丛和树枝则是陷阱最常用的伪装。

以前作为一个普通人生活的时候，艾洛从来没有感受过如此的兴奋和激动，当她变成狼在沼泽地和森林里狂奔的时候，她彻底体会到了拥有自由的幸福感。这种极乐是难以置信的，是预料不到的，当然，这一切都是撒旦的阴谋。撒旦用这无法抵挡的快乐来诱惑更多的人类抛弃原有的生活甘愿变成狼人加入魔鬼的阵营。

艾洛跟着同伴们在这个仲夏夜里，穿过森林，从岛屿的一端来到另一端，让她没想到的是，同伴中有许多熟悉的身影，正是她还是人类的时候就认识的。

比如，同样跑得飞快的来自坎贝村的瓦珀尔，和艾洛一样，她也是一位年轻的妻子。稍远处是一位来自莫伊萨村庄的尊贵富有的男主人，艾洛确信自己不可能认错，因为用狼眼要比用人眼看东西清楚很多。身旁的瓦珀尔在经过她时张开嘴亮出一口獠牙，像是在和熟人打招呼。

然而突然，他们都听见了不远处传来的牛的叫声，从而很快意识到，一只迷路的母牛可能就在附近。

眨眼间，野兽的本性使艾洛对动物的血液感到饥渴难耐，她迫不及待想要品尝牛血的滋味。

狼群的首领，那只比其他同伴都要高大威猛的狼，飞快地向着母牛的方向奔去，并迅速咬开牛脖子上的血管，顿时鲜血的诱人香味弥散开来。

就在这一瞬间，艾洛的心底涌上了一阵令人战栗的狂喜，她无法再清醒地思考，身体内残存的人类本能在那一刻消失殆尽。她和同伴们群拥而上，一起向倒下的母牛冲去，并把它分食殆尽。

这个夜晚，他们一起捕杀并享用了许多牛羊和小马驹。

这场鲜血的洗礼是"撒旦的受洗"，这让艾洛和狼人之间的联系更加紧密。

夜间的奔袭仍未结束，狼群继续朝着西北方向行进，左侧方向的克普森林、前方的克勒斯森林以及不远处的海平线随着清晨的光亮慢慢呈现在他们面前，原本统一行动的狼群在这时也四散开来，有的单独行动，也有的继续结伴而行。

艾洛回过神来发现自己正和狼群中最高大的那一只狼，也就是这个狼群的首领一起上路，这只狼就是曾经在莫伊萨村庄的捕猎行动中成功逃脱的那一只。

忽然，她意识到，这只狼也是三番两次在深夜里向她发出呼唤的那只。

更令她惊讶的是，和如此勇猛的野兽一起奔跑，她竟然没有拖后腿而是能够稳健地跟上强者的步伐，尽管她需要不停地加快自己的脚步，现在的她速度快到已经可以称得上是飞过草地和沼泽。

艾洛和狼群首领的体内流动着相同的滚烫血液，天生的野性使他们的心脏强有力地跳动。这两只狼是狼群中最骄傲、最英俊的两只野兽，是圣乔治麾下的猛兽。

清晨，在太阳升起前，经过一晚上的长途跋涉，艾洛和同伴们终于抵达了克普森林，站在茂密的云杉树林中，这里是人类的斧头无法触及的净土。覆满苔藓的云杉树茂密生长，一直延伸到森林的黑暗深处，地上也是密密麻麻地长满了苔藓。

风吹拂过树顶，传来一声叹息，之后重归静谧。

这时，和艾洛做伴的狼群首领突然出现了异样。

森林里回荡着充满力量和生气的呼吸声，像是有一对巨肺正在喘气，森林里仿佛有一个看不见的巨人正在行走，树木因他的步伐开始颤动。一对大大的翅膀（谁也不知道这对翅膀有多宽），隐藏在密林深处，看起来像是云杉树造成的阴影。

原来,这只狼群的首领就是"森林之主"恶魔塞拉利姆,也有人把他叫作"森林之神",他是魔鬼撒旦最忠诚的帮手。现在,他把自己的真身展露在艾洛面前。

恶魔的馈赠让艾洛感受到了无边的幸福,喜悦涌遍艾洛全身,甚至要破孔而出,给她的灵魂注入了极大的满足感,人类的语言无法描述这种奇妙和快乐的感觉,艾洛如饥似渴地享受这份从未有过的满足和喜悦。此刻,她正和"森林之主",这个拥有强大力量的恶魔待在一起,正是他听从撒旦的命令选中艾洛,把她变成狼人,并给她力量让她来到自己的身边。他们之间的界限瞬间土崩瓦解,不复存在,他们像是两颗晶莹剔透的露珠一样彼此融合,谁也无法把他们分开。

艾洛的灵魂似乎已经脱离了肉体,飞上天空,融入广阔的森林中,仔细听,甚至能听见针叶林的呻吟,这是艾洛满足的叹息。她觉得自己已经变为树木的一部分,化为金色树脂从赤松树的粗壮树干中流出。艾洛已经彻底成为恶魔塞拉利姆和魔鬼撒旦的俘虏。

等到艾洛醒过来后,发现自己正倚在一块巨石上,就在家门口附近,脱下来的狼皮放在她的身边。太阳在经过夜晚短暂的休息后再度照常升起。艾洛飞快地把狼皮藏进巨石上的洞里,赶在其他人发现她消失了一整晚之前,跑回家里躺在卧室的床上。

七

从这一晚过后,艾洛的肉体和灵魂开始属于魔鬼撒旦,他们之间的关系变得更加密不可分。她会和女巫一样跑到洛克斯森林里,变成狼人参加魔鬼的盛会。艾洛过着两种截然不同的生活,白天的她是年轻的女主人,夜晚的她是凶残无比的野兽。

(如果有人质疑这种事怎么可能发生的话,去读一读大哲学家彭波那齐编纂并刊发的启示录吧,甚至帕拉塞尔劳斯、阿奎纳和来自安卡拉的孔塞利姆也曾在公元381年举行的基督教大公会议时公开说过只要你相信,任何事情都有可能发生。)

白天的时候,艾洛表现得与常人无异,过着正常的生活,她的表情和神色中没有透露出任何古怪。不过,艾洛的脸色看起来比以前更加苍白了,眼神也更加沉静,甚至感觉不到她的眼球在转动,仿佛一直在幽幽地注视着某个遥远的地方。傍晚的时候,当她把头巾解下来,一头秀发散落在肩上,人们发现她的头发好像比以前更加红了,闪耀着火红的光芒,如同燃烧的赤松树。

尽管夜晚要过另一种生活,艾洛并没有忽略家中的任何一件琐事,如同以前的那个称职的女主人一样,从早到晚她都忙着打理家中的一切事务,给奶牛挤奶,用石臼研磨粮食，给孩子喂奶，和希乌马岛上的女人一样去种地犁田。与以前不同的是，艾洛在走路的时候要比以前机敏很多，四肢更加灵活，和丈夫普利迪克说话的时候要比以前更加温顺了。当许多男人看见艾洛在院子里忙碌的时候，她那美丽的身影在石臼和水井间穿梭，男人们的心底都冒出些许嫉妒，脸上不禁浮现出羡慕的神色，真希望这位能干又美丽的女人是自己的妻子。

夜晚来临，丈夫普利迪克已经陷入熟睡，一天繁重的工作下来让他十分疲倦，宛如干了一天活的苦力。普利迪克入睡之后，妻子艾洛的另一种生活就开始了。这就好比从冬眠中醒来的青蛙和蝴蝶，在春天到来时又恢复了一片生机，又好比高贵的昙花，美丽只在夜晚绽放。

而艾洛夜晚的生活，只属于黑夜、黑暗和恶魔。

当艾洛确认丈夫普利迪克已经入睡的时候，身体内的狼人本性开始觉醒，这就像是她的身体内拥有另一个人格，白天的时候隐藏在黑暗深处，只有在夜晚才重新获得这副身体的主宰权。

艾洛，曾经温柔平和，现在嗜血又凶残；她，曾经敏感纤细，现在胆大又鲁莽；她，曾经朴素纯洁，现在欲望丛生。

每一个夜晚，艾洛都任由狼的本性占领自己的灵魂和身体，在丈夫睡着的时候，支配着她离开他们夫妻的大床，变成狼向着森林跑去。

和仲夏夜那个夜晚一样，艾洛会顺从内心的欲望，来到森林和其他同伴狂奔。用利爪和獠牙撕扯手中的猎物慢慢变得习以为常，她并不惧怕任何血腥的事，也不需要恶魔的命令和强迫，野兽的本性让她对鲜血无法抗拒。

"森林之主"恶魔塞拉利姆，同时也是森林中狼群的首领，他每晚都会和艾洛见面，向艾洛展现他强大的力量，艾洛总是会服从塞拉利姆的命令，即使是让她去抢劫、捕杀或者做所有挑衅上帝权威的事。

艾洛以一种隐秘的方式将身体和灵魂都交付给了这个恶魔，就像塞拉利姆和她之间签订了血的契约。

尽管艾洛很少在晚上出现和村民们一起庆祝节日或者到邻居家做客，毕竟夜晚是她变成森林野兽在森林里自在奔跑的时间，但是，她的消失根本没有引起大家的注意，因为她总会在早上公鸡的第一声打鸣之前赶回家里，躺在丈夫普利迪克的身边。村庄里没有人想到她就是最近各家各户的牛羊消失的罪魁祸首，而把这些坏事都归结于可恶的狼群的头上。

仁慈的上帝或许会宽容地允许撒旦在人间玩弄他的诡计，就像上帝的手中握着一根绳子，绳子的一端拴着狡诈的魔鬼撒旦和他的仆人，撒旦以为自己的一切计谋都已经得逞，殊不知当握着绳子的上帝慢慢收紧手中的绳子时，也到了一切阴谋诡计显露原形的时候。

一天早上，哈瓦河旅馆的主人来到普利迪克的家里，说道："昨晚我家里又死了一只羊，还是最好的那只，这肯定是狼干的。"

普利迪克很快问道："什么？尊敬的老板，这种事情是怎么发生的？"

旅馆主人回答道："昨天晚上，我听见院子里传来羊的惨叫声，所以起身去院子查看，当时就看见一只狼正在羊圈里撕咬，我赶紧拿着猎枪瞄准那个混蛋，大概是打中它的后腿了，然而我最得意的那只羊还是成了它的猎物，最后那只狼跛着左腿跑回森林了。"

刚说完这些话,他们便看见普利迪克的妻子艾洛拎着水桶从院子走进屋内,令人感到奇怪的是,她同样跛着左腿,甚至伤口还在往外流血。

旅馆主人的目光不受控制地落在艾洛的左腿上,说道:"昨晚那只狼很有可能是个狼人,除了银子弹或者赤松树的树芯做成的子弹,其他子弹都不可能杀死他们。看来,希乌马岛上的狼人越来越猖狂了,坎贝村的瓦珀尔据说就是可恶的狼人,现在被关进了监狱的地牢,很快就要交给刽子手处决。"

旅馆主人顿了一声,继续看着艾洛和她流血的左腿说道:"今天早上,坎贝村对瓦珀尔使用了水刑,刽子手用绳子绑住她的双手双脚,并且把她的手指用钉子钉在木板上,然后把她扔进了河里。瓦珀尔漂在水面上,像是一只肥硕的大鹅。最后,她终于承认了自己是狼人,去过洛克斯森林。她还供述说,有一次她在森林里捡树枝准备回家做一把扫帚,这时,有一个穿着黑衣服的男人出现在她面前,起初看起来像是稻草人,之后又变成了商贩的样子。然后,这个男人递给瓦珀尔一根草茎让她吃,瓦珀尔吃在嘴里起初觉得味道甜得像蜂蜜,再嚼两下之后又觉得又苦又涩像是树脂。男人等瓦珀尔吃完后从旁边的石头洞里掏出来一根腰带递给了她。"

当艾洛听到瓦珀尔的名字的时候,她的眼神在一瞬间僵住了,转过身用后背对着屋子里的两个男人。

这时,普利迪克说道:"作为基督教徒,听见这些悲伤的故事真的很让人难过,然而莫伊萨的森林里还生长着大片的山杨树呢,这可是用来抵御巫术的法宝。话说,我有另一件好奇的事情，尊敬的先生，你亲眼见过那根狼人的'腰带'吗？"

旅馆主人回答道："没有，我只听说过，没有见到过。传言，它是用狼皮和人皮制成的，上面还画着120颗星星。腰带上有七个皮带扣，人把腰带系在身上，只要打开其中一个皮带扣，那么就会释放出巫术，这个人就变成狼人了。"

普利迪克听完后又说："哎，这可真糟糕！我还记得有些人说，想要成为狼人的话，只需要爬到大树底下，一共爬三次，再绕着石头跑三圈，这样就完成了狼人的仪式。"

旅馆主人摇摇头说："坎贝村威胁瓦珀尔，说要用火刑将她处死，瓦珀尔这才开口说：'如果我要被火烧死的话，那有些人也该和我一起死。'普利迪克，你觉得她的话是什么意思？这难道不是说，希乌马岛上除了瓦珀尔外还有其他狼人存在吗？而她的同伙现在还逃脱了惩罚，也许正在森林里过着自由的生活呢？"

普利迪克接着问道："单纯从外表来看的话，如何能判断出一个人是否是狼人呢？换句话说，狼人的标志是什么？"

旅馆主人紧接着回答道："狼人的脸色要比普通人更加苍白。额头上的两簇眉毛是长在一起的，因此也被称为'魔鬼撒旦的桥梁'，而且据说狼人的身体上一定能找到巫师的标记，这是撒旦的指甲留下的记号，因为这种标记被魔鬼触碰过，所以并不会带来任何疼痛，也不会出血，就算你用织衣服的针扎进去也不会疼。还有，要是发现一个人死在床上，身体的左侧有咬痕的话，这一定是狼人干的，而且那时候狼人肯定就在附近。"

男人们一直在严肃地交流着，艾洛在一旁默不作声，如同深井里的水平静无波。

然而，在旅馆主人抬腿离开之前，他虔诚地仿佛在向上天祈祷，叹了口气，说道："尊敬的上帝，就像您曾经帮助过约沙法一样，请您帮帮我们吧！难道您不想审判他们吗？这个世界如同一个在风雨中飘摇的稻草屋，屋顶正向恶魔的方向倾倒，世界的末日越来越近，现在就连小孩子都变成了狼人跑到森林里去了。"

说完后，旅馆主人终于离开了。

屋子里只剩下普利迪克和艾洛两个人，普利迪克也一直在盯着艾洛的腿，脑子里似乎在酝酿着什么："亲爱的艾洛，你的腿怎么跛了？我记得昨天还是好好的吧？"

艾洛如往常一样温顺地回道："我的腿不小心碰到了一块特别锋利的石头的边缘。哎，流了许多血呢。"

她扯开绑在腿上的亚麻布条，把伤口露出来给丈夫看。因为一直绑着布条，伤口上的血已经干涸了。这之后，夫妻二人再没有多余的话说了。

艾洛仿佛身处在一个充满巫术和撒旦的秘密的圆圈中，圆圈内的秘密没有人能够窥探到，更没有人可以打破这个圆圈。

八

意外发生在不久之后的一个八月的夜晚，快到丰收的日子了，天黑得越来越早，夜晚越来越长。普利迪克睁开眼躺在床上，屋内的低温让他立刻打了个冷战。他本来打算去取用狼皮做的被子，醒过来后却发现床上只有他一个人，艾洛早已不见踪影，身侧的位置一片空荡。

普利迪克的内心有一种古怪的感觉，甚至是不好的预感，像是有一片阴影笼罩在屋子的上方，他祈祷了三次，真诚地说道："尊敬的上帝和圣天使，作为艾洛的守护神，请你们保佑艾洛没有发生任何危险，她的身体是纯洁的，灵魂也是纯洁的。艾洛就像世间最珍贵的玻璃一样脆弱，哪怕她的身体依旧年轻，充满力量。"

然而，怀着心事的普利迪克却再也睡不着了，他睁着双眼，等待妻子艾洛回家。

漫长的一夜过去，村庄里此起彼伏地响起公鸡打鸣的声音，宣告新一天的开始。

这时，艾洛的身影终于出现在了门外，她走进屋内，打算直接躺到床上。

一直假装睡觉的普利迪克迅速睁开眼，问道："亲爱的，你去哪儿了？你到底去干什么了？"

艾洛回答说："我去树林里折了一些桦树枝，好在洗桑拿的时候用。明天是周六，正好是洗桑拿的日子。"

艾洛的头发上和衣服上都带有树林、湿草地、苔藓和泥土的新鲜味道。这股大自然的味道让人沉醉，使人目眩神迷，像是埋在沼泽地里的浆果散发出的味道。

普利迪克的鼻子立刻抓住了这缕陌生的味道，感觉自己正身处于森林中，被各种树木和生活在森林里的动物包围着。他悻悻地说道："有些事可以等到白天去做，晚上就是用来休息的，况且，你以前并没有在晚上去过森林啊？"

当艾洛躺在他的身旁后，他闻到的艾洛头发上的森林和草地的味道更加强烈，好像他身边躺着的是一只刚在森林里奔跑过的野兽，而不是一位年轻的女人。

普利迪克似乎触碰到了一个骇人的秘密，只是现在他还无法找到答案。他的灵魂察觉到这个秘密中隐藏着一个可怕的敌人，就像是在危险的风暴中埋伏着一只凶残的野兽，等待着给目标突然一击。

因此，普利迪克把妻子推得稍远一些，好让自己不再闻到那股古怪的味道，最重要的是这股味道让他十分反胃。人类的本能让他抗拒陌生味道的侵入。

思考一会儿，普利迪克问："你的头发上怎么会带有湿草地的味道？"

艾洛答道："我去草地附近捡了几朵杜鹃花，打算用来做衣服的装饰，也可以煮一下当作药喝。摘花的时候，可能在途中不小心被树枝蹭到了头发上。"

普利迪克的胸口感到一阵刺痛，他的妻子竟然如此当着他的面撒谎，他一下子从床上坐起来，说："亲爱的，很显然你在对我撒谎！你身上的味道闻起来根本不是草地的味道，反而更像狼身上的味道，你到底去哪儿了？"

面对丈夫的质问，艾洛一句话也没有说。一个大胆的想法在普利迪克的脑子里闪过，他大声地喊道："你是不是成了狼人，所以才跑到森林里去了，是不是？"

话音落下，艾洛的身体开始发颤，普利迪克仍旧十分恼怒地想要从她的口中逼问出真相，他觉得自己已经离事实越来越接近了："哈，你这个不幸的女人，还是成了魔鬼的俘虏，你的灵魂已经被恶魔占据了。旅馆主人家的羊就是你吃掉的吧？你是不是早就成了狼人和洛克斯森林里的女巫的同伙？"

面对丈夫的怒火，艾洛只是说："你一定是喝多了，在胡言乱语呢。"

普利迪克又说："我的妻子，亲爱的妻子，你以前从来不会对我撒谎，以前你的每一句话都很真诚，像是晶莹剔透的露珠一样，那么纯洁，然而现在你……不！不！"

他继续追问："你到底是不是狼人？是不是？"

艾洛最终回答道："如果我是狼人，身上流着野兽的鲜血的话，那么我的灵魂无论是得到了祝福还是被诅咒，又与其他人有什么关系呢？"

普利迪克气愤地高声说道："好啊，你自己承认了，你是狼人，你背叛了教堂，上帝甚至也要因你被绑在十字架上死去！"

艾洛回道："听我说，普利迪克，我的胸膛滚烫得像是有烈火在燃烧！尽管白天的时候我以人的身份生活，拥有人类的外表，然而每当夜晚临近的时候，我的灵魂都会被狼群吸引，它们在呼唤我过去。只有在森林里，我才拥有真正的自由和快乐。所以我必须离开，狼的本性让我无法抗拒同伴的召唤，即使我会和女巫一样被用火烧死，我也不会后悔，因为我生下来就被赋予了这样的身体和灵魂。"

普利迪克说道："不要污蔑我们的上帝！我亲爱的妻子，你现在已经彻底变成恶魔的同伴了！"

说完，普利迪克仔细地打量着自己的妻子，奇怪的是，他并没有从眼前这位魔鬼撒旦的仆从的眼神中发现任何邪恶和淫荡的印记。躺在旁边的妻子和往常一样纤细脆弱，好似一只柔弱的小白兔，在男人的眼光看来仍旧美得惊人。

这时，他想起来，美丽的脸庞通常都是撒旦的诡计，正如智慧的西拉曾警告世人："孩子们，快转身离开，不要看这些美丽的女人，她们已经让许多人变得疯狂。"

因此，普利迪克接着咒骂自己的妻子："原来，你胸口上的印记是这么来的？呵，我这个笨蛋，以前竟然没有把它放在心上，更没有把它当作上帝对我的警告！现在才知道，这就是女巫的标记，是魔鬼撒旦的杰作！"

艾洛立刻回答说："这不是魔鬼的标记，这是当年我还没有出生，仍在母亲肚子里的时候，院子里的一场大火把母亲吓了一跳，因此我的胸上才留下了这个像是火苗造成的印记。"

普利迪克不依不饶地说道："一定是在你出生的时候，撒旦就已经用火热的烙铁在你身上做下了记号，所以如今才能一下子选中你。"

他紧接着又问："当你去到森林里的时候，撒旦来找过你吗？"

艾洛答道："'森林之主'塞拉利姆曾经出现在我的面前。"

普利迪克问道："他是以人的模样还是狼的模样出现在

你的面前的?"

"既不是人,也不是狼,他是看不见的,像是人的灵魂一样无处不在。"

普利迪克悲伤地说:"你到底是谁,艾洛?你的身体里真的有两个灵魂?灵魂之间来回交替?一个是凶残成性、嗜血如命的森林野兽,另一个是温顺得体的女人!"

普利迪克受到了极大的打击,他的世界变得一片灰暗。他悲痛地想到,这样漂亮的女人竟然被撒旦利用做了淫荡的事。

他又问:"你会用亲吻我的嘴唇饮尽鲜血吗?就像你以前享受圣餐一样?"

艾洛答道:"当我是狼的时候,狼怎么做,我就会怎么做。"

普利迪克再次大声喊道:"我第一次见到你的时候,你站在羊群中,像是纯洁的圣女,现在你却变成狼人袭击羊群,甚至喝无辜的它们的鲜血!"

他迅速地从床上站起来,愤怒地摘下墙上挂着的猎枪,举起来对着艾洛喊道:"快从我的眼前离开!你这个恶魔的婊子!快滚去你的同类那儿吧!"

艾洛的手从床沿上松开,像是溺水的人松开最后的浮木。深不可测的海水快要淹没她,她的灵魂即将永远离开教堂的庇佑,离开上帝的守护。

她匆匆地跑过丈夫身边,冲出家门,到森林里去寻找她的同伴,永远和他们在一起,去享受人永远享受不到的真正的快乐,属于野兽的不为人知的快乐。

九

愤怒的普利迪克把妻子艾洛赶进了森林里,从此以后,艾洛就不会再回来了。她以后都会留在这里和狼群一起生活。撒旦赢得了这次拔河比赛的胜利,而争夺的对象就是一个年轻女人的灵魂。很快,所有人都知道了,不管是莫伊萨村庄的村民还是希乌马岛上的所有居民,大家都知道了守林员普利迪克的妻子是该被审判的女巫,现在还变成了狼人,从那以后村民们都管艾洛叫狼新娘。

在艾洛成为莫伊萨村庄的逃犯和教堂的叛徒之后,所有人都可以像打猎一样追捕她,就算把她杀掉了也不会受到任何惩罚。村民们在森林里设下专门对付野兽的陷阱来抓她,因为她已经不再受法律和教堂的保护了。

一开始的时候,村民们根本无法查寻到她的踪迹,像是森林和沼泽特地把她的气味吞噬掉了,恶魔塞拉利姆似乎也帮忙隐匿起她的行踪。

然而不久之后,整个希乌马岛开始出现一些极其古怪的现象,自然的力量无法对这些怪事进行解释。看起来,像是有人捅了恶魔的马蜂窝,成千上万只邪恶的马蜂从里面愤怒地跑了出来。

皮哈莱乡、凯纳乡还有依玛乡,甚至是更远一点的里格乡,乡里土地上种的庄稼都莫名其妙地从地里消失了。

奇怪的事不止一件，许多牛群也像是被诅咒了一样往沼泽地的方向奔去，就像是有一种看不见的力量驱赶着它们去往沼泽，尽管放牛的村民就在一旁站着。村民们合力也无法把牛从泥泞的沼泽地中拉出来，就算拽住它们的犄角或者用绳子拉也不行，牛的蹄子牢牢地陷在沼泽里，像是地下的恶魔伸出了双手把牛蹄往下拽。同样地，家里的奶牛产的奶也变得十分古怪。所有人都没想到的是，奶牛挤出来的奶腐坏得非常迅速，不管是用陶罐、木桶还是用铁盆来储存都没有用。鲜奶一落到容器里立刻变得酸臭，更可怕的是，奶里还充满着蠕动的虫子和苍蝇，像是有人对此下了诅咒。

许许多多古怪事情的发生都昭示着魔鬼的力量已经遍布整个岛屿，让所有受教堂保护的村民惊恐不已。

莫伊萨村庄的一个村民终于无法忍受这种日子，变得越来越狂躁，他时刻幻想着恶魔就生活在他的身边，甚至路边的灌木丛内就藏有恶魔的身影，无论何时他的身边必须都得带着一件武器，比如说匕首，否则他就无法从狂躁的状态中平静下来。

还有一件事也很奇怪，瓦索村的某户人家诞下了一只长了两个脑袋的牛犊，身上像甲壳虫一样，一边长了三条腿。

希乌马岛上发生的这些异象让人们担忧不已，他们认为这一切都是艾洛导致的。艾洛背叛了教堂和上帝，忘记了自己的责任和曾经受到的上帝的馈赠和庇佑，现在投入了魔鬼的阵营，成为狼人和森林中的野兽一起生活。

早秋时，有些村民曾经不小心在克普森林里迷路了，回来后都说在森林里似乎看见了狼新娘艾洛的身影。然而，没有一个村民在近距离看见过她，连她的脚后跟都没有看见，只是感觉到有什么东西飞快地一闪而过，像是耀眼的阳光一瞬间穿过森林又消失了。大部分的时候，艾洛被人看见时都是以人的样子出现的，不过也有几次她被村民们发现时是狼的样子，当时她可能正在接近地里的庄稼，或者出现在森林和沼泽中。然而艾洛一直避免靠近村民们的住处，所以从来没有人在村子里见过她。有位擅长捕猎海豹的村民在八月的时候用子弹打中过一头海豹，这个村民说他在科格岛的海岸边曾经看见过一头年轻的海豹在岸上晒太阳，然后这个生活在水里的野兽突然直起身子，之后便消失在森林里了。因此，这位村民立刻反应过来，他刚刚看见了狼新娘。然而，许多去过森林的村民都非常失望，有时，远远看上去远方的红色像是狼新娘的红色头发，但是走近后才发现原来那是火红的赤松树树叶。还有一次，他们把沼泽地中的白桦树皮当成了一个年轻女人白嫩的小腿。

　　莫伊萨村庄的村民们没有放弃对狼新娘的追捕，他们经常带上训练有素的狼狗一起行动，和以前捕猎狐狸或者狼这些森林野兽时一样。不过，尽管狼狗能够闻出来狼新娘的味道，找到她的踪迹，却从来都不能够真的发现她的身影或者抓到她。因为她跑得实在是非常快。"森林之主"恶魔塞拉利姆也在暗中保护着她。还有一些人笃定地说，当他们牵着狼狗寻找艾洛的踪影的时候，发现艾洛就跑在他们前方，危急之时，艾洛披上狼皮，就这样变成狼飞快地逃跑了。还有传言称，狼新娘可以一下子变成沼泽地里一块腐朽的树桩，躲在沼泽里高兴地嘲笑着踩着她过去或者跨过她的村民们。所有可能见过狼新娘的村民都准备好为自己的说法做证,只要上帝邀请他们参加圣礼。

谁也不知道狼新娘平常靠吃什么生活,也不知道她如何抵御严寒。有的人说她靠吃浆果、草茎来维持生命,把它们当作仅有的食物。晚上则在石灰洞或者地洞里过夜。还有的人猜测(这样的人还不少哩!)她就住在狼窝里,由其他的狼喂养她,把食物放到她身边,就像是养自己的孩子一样,狼新娘不需要亲自出去找东西吃。

这就是希乌马岛上到处流传的关于狼新娘的故事,但是没有人知道这些故事的真假,也无法验证,即使人们的好奇心十分旺盛,耐心也逐渐告急。

有一次,西里村的两个村民坐在谷仓前面的草地上,这时,从谷仓后面的矮林里悄悄爬出来一头狼,胸口下方有一个浅色的斑点印记。

从这头狼的一举一动来看,它似乎不是一头天生的野兽,它的动作中透漏出古怪的感觉。男人们立刻意识到这绝对不是一头普通的狼。这头狼并没有对在眼前出现的人类显露出反感,只是默默地走进男人们所在的谷仓,然后在低矮的草地上像狗一样坐了下来。

其中一个村民对另一个村民说:"这不对劲,看来,这头狼就是守林员普利迪克的妻子艾洛!也就是狼新娘!听说,狼新娘平常穿的衣服上在胸口位置缝着银饰。你看,这头狼的胸上就有一个浅色的标记。"

另一个村民说:"喂块面包给它吃,这样就知道,它是狼人还是真正的野兽。"

因此,第一个说话的村民坐在原地用小刀切了块面包递给它,狼一下子就把刀和面包都夺了过去,嘴里叼着它们,转身跑回来时的森林里去了。

狼新娘第二次被看见是在家附近的草地上，一个年轻的少年正在放羊。

这位放牧的男孩正坐在火堆旁的石头上烤浆果吃，一回头就看见他以前的女主人——艾洛，站在他旁边。

艾洛看起来一副悲伤的样子，问男孩说："我听见了我的宝贝女儿珀莱的哭声，她怎么了？出什么事了吗？"

男孩十分害怕，没敢答话。艾洛从衣服下掏出一串用狼牙串成的手链，说："把这个当作玩具带给我的女儿吧！"

男孩吓了一跳，以为死神出现在他的身边（因为没有人见过死神的样子，只听过他的声音），他匆忙地把所有羊聚集在一起，赶快回家了。

冬天总是伴着茫茫白雪而来，这个冬天，希乌马岛上的狼群要比以往更加猖狂。它们的脑子里似乎开始有了人类的思想，学会了思考。比如当它们一个紧接着一个走在厚厚的雪地中时，后面的总是会踩在之前的脚印上，来隐藏它们的行踪和数量。在村庄周围觅食的狼群非常奸诈和狡猾，如果羊圈的木门被锁住的话，它们会用锋利的爪子扒开木板上的裂缝，然后闯进去把猎物带走。

这个冬天，狼群的行动中充满着奇异的力量和智慧，显然，这一切都是因为在它们的背后有撒旦的领导和指示。

希乌马岛上的人们把岛上发生的种种预兆和不幸归为普利迪克的妻子——艾洛的原因，因为艾洛正自由自在地在森林里游荡，用巫术做坏事。她在人和狼之间来回转换，这是对所有基督教徒的挑衅和轻视，上帝的怒火因此点燃，整个希乌马岛都不能幸免。

之前早已被上帝和水刑公开宣判为女巫和狼人的坎贝

村的瓦珀尔，仍旧和丈夫发誓自己是清白的，她声称，水刑时绑在她身上的绳子太短了，所以她才没有沉到水底而是漂在了水面上，尽管她是无辜的。同时，她还推翻了一切在受刑时承认过的事情，并重新要求上帝的审判和水刑的考验。

有人曾经这样评价瑞典的法律和法官：

> 我害怕地来到法官的家里，
> 被抛弃的我正承受着痛苦，
> 然而在我眼前的只有穿着华丽外衣的"谎言"，
> 以及披着狐狸皮的"谬误"。

因此，为了不让人怀疑法律的权威，无论是贵族还是普通人都需要在法律的天平上接受审判。同时，为了不让任何人有机会质疑女王克里斯蒂娜的属下做出了错误的审判，决定对瓦珀尔重新进行水刑检验。

第二次实施水刑的时候，瓦珀尔仍旧像只鸭子一样漂在水面上，所以大家都知道，她已经无法再逃过最终的火刑了。瓦珀尔被彻底激怒，向给她行刑的人和旁观的村民们愤怒地呐喊："你们把我烧死了，那狼新娘又在哪里！当初，她可是和我一起在仲夏夜的时候变成狼在森林里奔跑！"

话音落下，一直都在抓捕狼新娘的村民们之间响起激烈的愤慨声，他们的内心早就积攒了许多对狼新娘的不满和怒气。许多村民亲自去向希乌马岛的领主贾各布伯爵和主教尼古拉抱怨狼新娘的存在，村民们的牢骚没完没了，尼古拉主教不得不给在塔林的大主教赫尔写信，言明最近在希乌马岛上发生的奇怪的事情，都是魔鬼撒旦和他的信徒做的。

希乌马岛上四处沸腾着对狼新娘的愤怒和不满。时间慢慢过去，越来越多的村民坚持不可以赦免狼新娘的罪行，不管她被抓到的时候是狼还是人。

然而，狼新娘依旧没有任何踪迹，她就像是雨后的露珠陷入岸边的流沙，了无踪影。

十

十月，初雪还未降临，在一个普通的早秋夜晚，守林员普利迪克再次从家里的床上孤单地醒来，院子里的狗躁动不安的叫声把他从梦中惊醒。

普利迪克猜测，应该是森林里的狼群又跑到羊圈里抓羊吃了，他起身下床走到窗边。窗外，天空中挂着一轮弯弯的新月，与人的指甲的轮廓格外相似。月光虽然没有想象中那么明亮，但是好歹为这漆黑的夜晚带来些微光亮，在漫无边际的黑暗中宛如一盏孤灯。

普利迪克看着月亮锋利的边缘闪烁着寒光，这预示着很冷的冬天就要来了，这也让他想起或许正在初秋的寒意中煎熬的妻子艾洛。事实上，每天每夜，普利迪克都在思念着他的妻子。

过了一会儿，院子里再度响起了狗吠，普利迪克又一次从床上爬起来，打开屋门前往院子里去。

就在这时，微弱的月光下，一只灰色的狼飞快地跑过他的身边闯进了屋内，只留下身后的狗仍叫个不停。

普利迪克立刻转身进屋并迅速把门关上，防止院内一直叫个不停的狗闯进来。他突然想起来一个老办法，拿起炉子上放的铁钩，一下子扔到狼的身上，并大声喊道："艾洛！"

艾洛，这个名字是受洗时上帝赐予她的，所以当普利迪克叫出她这个名字时，艾洛身上的狼人的巫术突然解除了。一眨眼，她就变成了人，浑身赤裸地站在了普利迪克面前，像是刚洗完澡一样一丝不挂。身上的狼皮掉到地板上，堆在她的脚边，艾洛好像破茧成蝶一样。

面前的艾洛在普利迪克的眼里和那个夏天他偷偷藏在石头后面看到的给羊洗澡的少女一样，艾洛还是那副温柔顺从的模样。窈窕的身材，白皙的皮肤，左侧胸下的印记没有丝毫改变，一头松散的头发仍旧自由地披在身后，不过比起以前很明显长长了许多，头发火红的颜色如同赤松树的树皮。

艾洛的眼睛闪烁着一种不同寻常的美丽，她的眼神明亮极了。漂亮的嘴巴微微张开露出一丝笑容，就像是一个刚刚开口的扇贝。纯洁美丽的嘴唇仿佛从未饮过鲜血一样。

普利迪克像是被绳子绑在了床上一样瘫在那里，他仿佛失去了所有力气，连张嘴说话也变得格外艰难。

他甚至不知道，眼前发生的一切是真实的还是梦境，此刻的他到底是在梦中还是清醒着用自己的双眼看见了这一切，但是，不管怎样，惊讶与幸福交织的感觉在他的胸腔回荡。

普利迪克听见妻子用人类的声音问道："珀莱，我的宝贝女儿，你还好吗？"

艾洛边说边弯腰把摇篮里的孩子小心地抱出来，放在怀里轻哄。

她抱着孩子坐在窗户下的床沿上，这样的动作她以前做过几百遍。艾洛给怀抱里的女儿低声唱着歌：

母亲，母亲，
快给你怀抱里的孩子喂奶吧，
否则，犹大就要来喂你的孩子了，
早上的时候给他吃只有马才吃的面包，
中午是缠了线的纺锤，
晚上是又苦又涩的泪水。

普利迪克默默地想着：她怎么还能够喂孩子呢？她竟然还有奶水？

但是，普利迪克并没有把心里想的话说出来，他似乎失去了说话的能力。

艾洛把孩子喂饱后，重新把孩子放回摇篮里。

随后，艾洛问道："亲爱的普利迪克，你过得怎么样？你的衣服有没有需要缝补的？"

普利迪克还没来得及张嘴回答，艾洛就已经掏出针线，还是坐在之前的那个地方，准备就着窗外映进屋内的月光把他的衣服缝好。

月光温柔地照进屋内，洒在艾洛的肩膀和胸脯上，年轻的身体被银色的月光包裹住，像是一块纯净的银色宝石。

等她把衣服缝好后，放下针线，手搭在床上，温柔的双眼注视着自己的丈夫普利迪克，似乎是在微笑，她开口道："亲爱的普利迪克，你的身体怎么样？一个人躺在床上会很冷吧？"

就这样，一直到第二天的黎明，他们都紧紧地拥抱在一起，夫妻二人被悲伤的气息笼罩着，动作中却透露出深深的爱恋与思念，像是从来没有分开过。

当院子里的公鸡发出第一声鸣叫时，艾洛必须得离开了，这个夜晚发生的一切如同一场美梦。天亮了，也到了梦该醒的时候了。

普利迪克没有对任何人说起过这个夜晚。他不敢把手放在胸口，用自己灵魂的名义起誓，保证那晚不只是他的梦境，或是他过度思念妻子而产生的幻象。

十一

在那个绮丽的夜晚后，转眼间又过了九个多月，希乌马岛上的春季和夏季接踵而来，此刻的皮哈莱乡正在收割庄稼。然而，一天晚上，正在普利迪克的家里照顾孩子的女佣听见了门后传来一阵细微的呻吟声。

等到女佣走近查看时，发现门后有一位年轻的女人，神色看起来非常憔悴和疲惫，像是要被什么东西压垮了一样，正承受着巨大的痛苦，几乎快要摔倒在地上。

女佣很快认出来，眼前这个可怜的女人就是她以前的女主人——普利迪克的妻子艾洛。艾洛并没有披着狼皮来到这里，显然，她马上就要生孩子了，现在正忍受着剧烈的阵痛。

女佣手足无措，不知道该怎么处理眼前的事情，男主人普利迪克并不在家，而是和其他村民一样去地里收割庄稼了。

艾洛痛苦地对着女佣祈求道："看在上帝的分上，赦免我吧。请帮我烧好桑拿，我快要生了。"

艾洛身上的衣服破烂不堪，裸露在外的白色皮肤仿佛在发着光。已经变成几块破布的衣服几乎要从她的身上掉下来。艾洛的脸庞已不复往日的沉静美丽，寒冷和痛苦的折磨已经完全摧毁了她的镇定，就像是一场狂风暴雨让她的美丽骤然失色。艾洛原本白嫩无瑕的皮肤上出现了皲裂和肿胀，一双腿上有着大大小小许多个伤口。总之，艾洛现在这个模样与美丽丝毫无关，反而十分凄惨，让人不禁动容。

对上帝十分敬畏又对邪恶的巫术和女巫十分畏惧的女佣的大脑里展开了激烈的斗争。心底有一个声音急促地命令她赶紧把这个狼人赶回森林里去，并警告她千万不可以碰这个被上帝抛弃的女人。然而，又有一个声音告诉她，她应该如同仁慈的撒玛利亚人一样，原谅以前的女主人的罪恶。最终，女佣选择准备好桑拿，帮助这个可怜的女人。不过，挥之不去的恐惧仍在提醒她，她向撒旦的同伴伸出了援手。

当艾洛躺到桑拿房的长椅上时，女佣刚来得及往旁边滚烫的石炉上浇了第一勺水，顿时一团热气扑面而来。

这时，桑拿房外隐约传来许多女人说话的声音，这些女人都是因为年纪太大了无法干活，所以在大家都忙着收庄稼时只能留在家里。她们听村里一个放牧的男孩说艾洛在桑拿房这儿，因此赶忙结伴过来了。

五六个老女人像是一群胖头鸟一样叽叽喳喳地走进桑拿房所在的院子，然后围在一起说了一会儿话。

狭小的桑拿房无法容纳所有人都进去，因此，只有几个人挤进了桑拿房内，剩下的几个继续留在院子里等着。

一进到桑拿房，她们就开始大声地嘲讽，明显不想让这个躺在长椅上生孩子的年轻母亲好过，即使后者已经在承受巨大的痛苦了。

（但是，其实这是一个古老的传统，据说，要是不停地刁难一个正在生孩子的女人，那么这个女人一定会说出来自己生的到底是谁的孩子。)

老女人中年纪最大的那个问道:"你为什么没有继续待在狼窝里,就像去年一整个冬天你都和狼在一起一样?现在,你又回到村子里是想做什么呢?"

其他人也言辞刻薄地说道:"你这个淫荡的女人,你承认自己的罪行吗?说吧,你生的到底是谁的孩子?"

艾洛用虚弱的声音回道:"别打扰我,我不想和你们说话。"

艾洛的回答显然惹恼了这群老女人,其中一个女人立刻尖声叫道,像是把一勺凉水浇到滚烫的石头上时发出的嘶嘶啦啦的声音。这个女人用充满威胁的语气说道:"你就算不和我们说,也要对其他人说。狼新娘,等着吧,你很快就会落到刽子手的手里,水刑在等着你呢。被用火刑处死的瓦珀尔难道还不能向你证明什么吗?她死的那一刻还在撒谎,谎言让她的灵魂背负了想象不到的痛苦。"

另一个站在稍后面的女人说道:"你们还记得我以前说的话吗?这个守林员的女人,艾洛,总是最后一个离开教堂,我猜,她就是在偷教堂里的圣餐好用来做坏事。毕竟,圣餐是耶稣真身的象征。"

尽管艾洛如今身陷囹圄,她依旧平静地说道:"你们快走吧,都走吧,让我死在这里!"

最老的那个女人听见后,弯腰附在艾洛耳边,严肃地说道:"不管你信不信,艾洛,在你承认自己犯下的所有罪行之前,你无法生下这个孩子,也无法摆脱身上的痛苦。我说的都是真的,毕竟附近三个村子的婴儿都是我接生的,也亲眼见证过许多可怜人泣不成声地认罪。所以老老实实地说出来吧,你怀的孩子到底是谁的,只要你说出来我就帮助你从痛苦中解脱。"

其他人也齐声说道:"承认吧,你到底和谁生活在一起!你怀的是狼的孩子,根本就不是人类的孩子!"

艾洛的声音微弱得几乎听不清楚:"噢,我的灵魂正承受着折磨,我不能说。"

没等其他人继续逼问,艾洛就无法再忍受下去了,孩子生出来了。这时,从地里干完农活回来的普利迪克发现院子里桑拿房的大门是开着的,便好奇地走了进来,却发现自己的妻子艾洛躺在长椅上,怀里还抱着一个刚生下来的婴儿,其他女人把她围了起来。

看见普利迪克走过来的时候,艾洛虚弱地发出了些许声音,但是什么也没有说。

然而,普利迪克只是格外冷漠地看着她,一脸阴沉,冰冷的眼神像是在看一个陌生人,而不是自己的妻子。他的眼神中不带有一丝怜悯和同情,在他看见艾洛的那一刻,整个大脑似乎停止了思考,顿时心硬如铁。

此时,他几乎忘记了,自己之前是如何珍惜这个妻子,把她视若珍宝,也忘记了曾经他每日每夜都对这个女人说着甜蜜的话语。现在的他无比气愤,同时心底涌出一股难以抑住的羞窘之情,因为他猜测,艾洛刚刚一定是生下了狼的孩子。

艾洛把婴儿往丈夫的方向推了推,像是祈求怜悯一样说道:"普利迪克,快告诉她们,这个让我忍受了无数痛苦的孩子,是你的!"

在旁边站着的一个女人抱过孩子看了一眼,尖叫道:"这是恶魔的孩子!看,胸口的地方有女巫的标记!"

见此,普利迪克敷衍地对艾洛说:"我根本不认识你,更不认识你的孩子!"

说完这句话,他准备转身离开桑拿房。

走到门口时,他又回头看了一眼长椅的方向,说:"是你自己离开去的森林,你被森林带走,和森林里的恶魔缔结了契约,拥有了孩子,狼新娘!"

艾洛回道:"普利迪克,我的丈夫,你难道不记得去年十月的那个夜晚,我是在你的床上入睡的吗?"

但是普利迪克并没有回答她,抬脚离开了屋子并关上了身后的门。

艾洛仍旧不死心地在他身后大喊:"如果我和我的孩子今天一定要死在这里,普利迪克,你要记住,我永世都得不到安息,而你也是,因为我做鬼都不会放过你的。"

这也是艾洛所留下的生命中最后的几句话了。

一旁的女人们看着艾洛凄惨的模样,知道她们可以对她为所欲为了。艾洛从她的丈夫那里也无法祈求到一丁点儿的怜悯和帮助。这时,她们的愤怒也激化到顶点,同时她们很清楚自己即将胜利,这一刻她们期待已久。

桑拿房外的院子里聚集了越来越多的人,傍晚临近,干完农活的人陆陆续续回家了。院子里聚集的人中既有身强体壮的成年男人,也有精神十足的年轻人和小孩子,消息已经传遍整个村庄:狼新娘,守林员普利迪克的妻子艾洛回家了。

起初,村民们只是安静地站在院子里,眼睛看向桑拿房的方向,什么也没有做。

桑拿房里的女人们讽刺地说道:"狼新娘,我家那头两岁的小母牛在哪里?"

"还有我家那只羊呢?"

"狼新娘,你把我家的羊羔带到哪儿去了?"

屋外院子里的人群中也逐渐响起抱怨声,且有愈演愈烈的趋势,话语中饱含着不满与气愤。从冬天开始,魔鬼撒旦就在希乌马岛这片土地上到处作恶,制造了许多悲剧和不幸,像是公开取笑在这片土地上生活的人们,这一切都深深地刻在所有人的记忆中。

几乎所有人都坚定地相信,一切悲剧和罪恶的来源就是这个躺在普利迪克家的桑拿房长椅上的女人,艾洛。如今,罪魁祸首近在咫尺。

院子里的人们朝着桑拿房慢慢地走去,脚步中带着些许惊慌。村民们的眼神中既有恐惧也有愤怒。他们清楚地知道恶魔的阴谋诡计,也知道真碰上恶魔的话他们根本什么也做不了。

一群孩子着急地跑到桑拿房的窗边,透过窗户往里面看,看了一眼后又赶紧跑回大人的身边,像是身后着火了一样,边跑边喊道:"狼!野兽!狼人!"

突然,待在桑拿房里的一个女人推开门冲了出来也朝男人们喊道:"这样的事情发生在我们的村庄,实在是耻辱。这是无法原谅的罪行。刚刚出生的婴儿在胸口处有一个魔鬼的标记,这和她的妈妈一样!在她犯下更多罪行之前,把狼人和她的孩子一起烧死吧!"

院子里安静了片刻,没有人对此作出回应。

这个女人接着走到人群中间,再次喊道:"用火刑来惩罚犯罪的人吧!"

她又接着说:"你们不会允许狼人的孩子生活在村子里吧?把自己变成狼人的人,等于已经把自己的生命,包括灵魂和肉体都交给了撒旦。她难道不是违背了法律的罪人吗？想一想坎贝村的瓦珀尔吧！"

一个男人回答道："说的没错。现在，教堂、基督教的教义还有整个希乌马岛的福祉都陷入了危险中。"

另一个年轻的男人说道："烧死这个洛克斯森林的女巫！用火烧了这个桑拿房！"

这时，其他村民也不约而同地呼喊道："烧死她！烧死这个狼人！"但是，却没有人举手做这件事。

而最开始提议的女人又跑回桑拿房，再次回到院子里时手里拿着一块燃烧的木炭，这是她刚才从桑拿房的炉子里拿来的。其他原本留在房里的女人也跟在她后面走了出来。

女人挥舞着手中的木炭，展示给所有人看，木炭噼里啪啦地往下掉火星。

火红的木炭似乎也点燃了村民们高昂的情绪，他们慢慢接近桑拿房，同时大声喊道："烧死狼人！烧死洛克斯森林的女巫！"

（然而，普利迪克并不在这个队伍中。从桑拿房出来后，情绪低落的他就一个人进到森林深处去了。）

一群年轻的男人快速地踹开桑拿房的门，其中一位抓起一块燃烧的木炭用力地往桑拿房上方用稻草做的屋顶上丢过去。很快，屋顶就燃起熊熊火焰，冒出滚滚浓烟，像是一大捆燃烧的稻草。

不出片刻，整个桑拿房就变成了一堆在燃烧的木柴。

木柴燃烧时发出噼里啪啦的声音，连桑拿房里的呻吟声都被掩盖下去了。

就在桑拿房燃烧的时候，院子里的村民们似乎听见了远处传来的狼的咆哮声，起初很微弱，之后越来越近。

这声咆哮绵长又悲伤，像是在抱怨着什么，好似狼群在向天空发泄自己的悲伤。

这时，天空中刮起了风暴，先是在森林里，然后慢慢靠近普利迪克家的桑拿房。伴随着风暴传来一阵阵轰鸣声，像是激流的瀑布撞击在岩石上。狂风吹动树木左右摇摆，发出一声声叹息。

这场风暴似乎是恶魔奏响的悲鸣曲，又像是恶魔派遣的队伍所进行的突击。

一个村民害怕地说道："快看，撒旦带着他的仆人过来了，我们已经没有任何退路了，上帝啊，这一切都不能更加糟糕了。"

狼的咆哮和林间的风暴在桑拿房燃烧的时候一直未停歇，直到一个小时过后，桑拿房的火熄灭了，整个桑拿房烧成一片灰烬，原地除了一些炉子里原有的石头外再不剩下任何东西。

只见石头上写着一条古罗马时期的格言："人与人相互为狼。"

就这样，守林员普利迪克的妻子、狼人、狼新娘——艾洛和她刚生下来的孩子死在了这场为女巫和撒旦的孩子准备的大火中。他们在人间的居住地被一场大火清理得一干二净，邪恶的种子再也无法被他们的继承者继续传播下去。

十二

上帝终于决定将束缚魔鬼的绳子彻底收回到自己的手中，上帝的圣光洒向人间，如同每年圣诞时皮哈莱乡教堂点燃的蜡烛一般明亮闪耀。恶魔和他们的主人魔鬼撒旦不得不哭喊着放弃他们以前用三叉戟瞄中抢夺的猎物，因此，所有人都知道魔鬼撒旦和他的仆人已经输掉了这场与上帝的争斗。

当普利迪克得知在家中的院子发生过的一切时，他感觉自己的心脏受到了重重的一击。他十分懊悔之前没有原谅自己的妻子艾洛，而是一开始就把她赶出了家门，后来又把她丢到那些愤怒的、失去理智的村民手里。当他无法面对这一切，跑到森林里藏起来的时候，就已经默许村民们把艾洛烧死在自家的桑拿房里。

从此以后，普利迪克的内心再也无法得到安宁，他每晚都睡不着觉，总感觉有东西不停地在他的脑子里敲打，像是虫子啃咬树干一样。每到晚上，他似乎都能梦见妻子艾洛和她那一头红棕色的长发，在桑拿房燃烧的时候，与烈焰融为一体，好像火红的头发本就是火焰的化身。

普利迪克甚至感觉自己也身处那永不熄灭的烈火中，熊熊烈火永远地惩罚着有罪之人，让他不得不绝望地渴求哪怕是一滴水来润湿他干涸的喉咙和嘴唇，像是沙漠中的旅人乞求一线生机。

普利迪克一直惦念着妻子艾洛：妻子的灵魂是否已经得到了拯救？是升入天堂还是下了地狱？他想，这一切都是他的错。

他时不时自言自语："我实在是太想念艾洛了，所以十月的那个晚上我一定是做梦梦到了艾洛就躺在我的身边，这一切肯定都是我的幻想。但是，如果和母亲一起在大火中丧生的婴儿真的是我的孩子，而不是撒旦的或者是狼的孩子的话，那我就是这场悲剧的凶手。"

普利迪克既满怀担忧又茫然无助，他不知道该怎么做才能让自己的心里好受一点。

在这之后，普利迪克又去了一次卡萨里岛，和第一次去的时候一样，当他穿过岛屿走到海边的时候，听见了羊群四处逃窜时发出的咩咩叫声。

然而，当他走近的时候，却没有看见牧羊人和牧羊犬，只看见了一只体型高大的狼冲进羊群，把一只羊扑倒在地上。

剩下的羊愣愣地跑了几步之后停了下来转身盯着它们的天敌——狼，像是柔弱的小鸟看着对猎物虎视眈眈的毒蛇。蠢笨的羊群并没有跑远，狼并没有把刚刚抓到的羊拆吞入腹反而又扔回了羊群里，然后它又抓了第二只羊出来。对它来说，这简直就是一场唾手可得的饕餮盛宴，丝毫不费力气。陷入恐慌的羊群根本不敢逃跑，它们紧紧地挤在一起，等待着敌人把死亡的魔爪伸向它们。

普利迪克想起了那个难忘的夏日早晨，同样是在卡萨里岛的海边，那时他的耳边也回荡着羊群的叫声，一个年轻美丽的少女在人群中发着光一般，如同灌木林中绽放的红色玫瑰，一眼就让他从此难以忘怀。

普利迪克没有时间再在原地怀念过去的美好了，因为这个时候狼已经要去羊群抓第三只羊。普利迪克恰巧随身带着猎枪，他毫不犹豫地在狼打算逃走时举枪瞄准野兽射击。

这一次，普利迪克的枪法背叛了他，狼并没有如他期望的倒在地上，而是松开口中的羊，匆忙地逃进茂密的森林里，从普利迪克的视线中消失了。

普利迪克仍站在卡萨里岛的小山丘上，手中举着猎枪，对自己说道："你怎么知道，这不是你的妻子艾洛？她人类的身体已经在大火中毁灭了，但是她的灵魂很有可能在狼的身体中复活，然而却仍无法找到片刻的安宁，所以她决定回到这里，回到自己的家乡，在这里她度过了自己的童年和少女时代，经历了她一生中最快乐的时光。又或许，她是来这里找她的丈夫呢？即使她已经死过一次了，却能够以狼的身份复活，毕竟，她本来就拥有两个灵魂，一个是人，一个是狼。"

普利迪克迫切地希望自己能够再见到一次从他的猎枪下逃走的狼。他在森林中的路口处挖了许多个陷阱，然后用地上散落的树叶、树枝和苔藓掩盖在洞口上方。普利迪克在陷阱附近没日没夜地守了好久，甚至把动物的死尸放在陷阱旁边当作诱饵，却仍旧一无所获。

现在，对普利迪克来说，无论是事业上的成功还是尘世的幸福都没有任何意义，每一天的每分每秒他都在想那只逃走的狼，妻子艾洛的灵魂正被关在它的身体里，无法挣脱。普利迪克想，只要世界上有任何一个办法能够把妻子的灵魂从枷锁中解救出来，他都准备好了也愿意去做，就算是让他去教堂偷取圣器都不在话下。

晚上睡着的时候,他经常会在梦里见到那只狼就站在他的面前,身后是茂密的森林,狼用悲伤的眼神望着他,像是一个被拘禁的灵魂正在渴望自由。普利迪克无法再承受梦中灵魂的哀求,从梦中惊醒。这对他来说太过沉重了,是一份沉甸甸的负担。

一天早上,普利迪克找出银色的婚戒,这是当初皮哈莱乡教堂的神父在祭台前亲自戴在他的手上的,是他和妻子结合的证明。

普利迪克强抑着内心的悲伤,把这枚银戒指铸成一颗银子弹并装进猎枪的弹匣内。

准备好一切后,等到夜晚来临时,普利迪克再次带着马的尸体出发去寻找那只逃走的狼。

他来到了哈瓦河旅馆,把特地准备的马的尸体扔在旅馆附近不远处。普利迪克暗自发誓,在见到自己等待的那只狼出现之前,绝不在埋伏的地方移动半分。

之后的两天两夜,他一直坚守在原地,坐在旅馆的窗户旁边的床沿上,手中的猎枪已经上好了膛。夜晚的房间又黑又冷,炉火早已熄灭,冷风灌进屋子冻得他浑身打战,寒冷的空气穿过墙上的细缝吹在他身上。

第三个夜晚,普利迪克已经渐渐习惯屋子外古怪多变的秋季天气。半空中的月亮时而展露在他面前洒下金黄的光辉,时而躲在云层的后面。冬天还未来临,夏天离得还远,秋天的夜晚既不是伸手不见五指般的漆黑,也没有如白日般明亮。

马的尸体被他扔在离旅馆不远处的几棵大树下,皎洁的月光时不时照亮那一方土地,因此普利迪克即使坐在屋内也看得十分清楚。

逝去的魂灵在林间游荡，活着的人的心灵在承受着巨大的折磨。

普利迪克感受到熟悉的疼痛再次席卷而来，他正在经历艾洛一直经受的痛苦和心灵的不安。

因此，普利迪克向上帝祈求道："让我像岸边的细沙一样随风消散在空中吧，如果这是您想要得到的话。但是请您赐予艾洛的灵魂安息，让她像鸟儿一样可以在温暖的巢穴中歇息。"

就在他虔诚地祷告后，他发现树下的马尸在寂静的夜里移动了几下。接着，一个灰色的影子慢慢靠近马匹，月光从云层的缝隙中穿透过来，带来一丝光亮。

普利迪克认出来这只狼就是他的妻子艾洛，是那个在仲夏夜的时候被恶魔迷惑变成狼的女人。

普利迪克立刻拿起装有银子弹的猎枪，直接穿过窗户射击，很快就听见了一声凄厉的惨叫，像是魔鬼撒旦在痛苦地呐喊，似乎不甘心必须要放弃他的猎物。

很快，森林又恢复了寂静，除了树叶沙沙的声音和普利迪克躁动不安的心跳声，再也没有其他的杂音。普利迪克系好腰带，鼓起勇气，起身前往大树下查看。

事实上那里并没有狼的尸体，地上铺了一层薄薄的白雪，上面有一串清晰的血迹，一直延伸到森林边缘。

普利迪克怀着紧张的心情跟着血迹一直向前走，直到他发现地上侧躺着一只已经没有呼吸的狼。银子弹已经穿透了它的心脏。

普利迪克知道，自己的祈祷一定是被上帝听见了。因此，他像是在教堂做礼拜一样摘下头顶的帽子，说道：

"噢，我的妻子艾洛，可怜的你同时拥有凶残的狼和温顺的人的灵魂，现在的你得到安息了吗？当你已经死了两次之后，你的灵魂终于有资格升入天堂，投入上帝的怀抱，要知道，圣父的长袍是安宁和和平的乐园。既然你的灵魂已经得到净化，是否能够原谅还在活着的人的罪孽？"

普利迪克并没有把这只狼埋起来，因为根据旧规，背叛了基督教和上帝的狼人，不可以被埋在地下。

因此，普利迪克在树林里捡了一些树叶和树枝，把它们堆在一起，然后把狼的尸体放到上面，就这样一把火烧掉了。刺鼻的烟雾久久未能散去，普利迪克不停地在空中来回摆手，希望能带来风驱散烟雾。

他一边摆手一边祷告："分割成两个的灵魂啊，一个存在于白天，一个存在于黑夜，一个来自上帝，一个来自魔鬼。现在，都飞向天堂吧，上帝会再次用温柔的手指将你的灵魂合二为一！"

希乌马岛上的狼新娘的故事到这里就结束了。

这本书中所写的一切都曾在法庭上证实过。1650年皮哈莱乡的法庭听从爱沙尼亚执政官埃里克的命令调查并审理了普利迪克家桑拿房的大火和妻子艾洛的死亡。在法庭上做证的证人和目击者都是备受尊敬的人和名声很好的村民。法官由阿里德先生担任，陪审员是格森先生和乌克斯先生。

亲爱的基督徒们：

一定要小心所有的巫术和魔鬼的诅咒，它们会给人类带来无穷无尽的骚扰和麻烦。

当恶魔的呼吸声来到人的耳边，当魔鬼的指甲在人的身上留下印记，这个被选中的不幸者的双脚再也无法触碰大地，他的灵魂再也无法得到安宁，只能在空中像风一样飘荡，或是承受烈火的煎熬。

然而，谁又能猜到撒旦的诡计呢？

芭芭拉·冯·蒂森胡森

倪晓京 译

这就是我的本意,我要为此向全能的上帝祈求帮助,从而能够让我善始善终,使我讲出的故事有助于世人,同时也作为悲伤的告诫。阿门!

我要把我耳闻目睹的关于贞洁少女芭芭拉·冯·蒂森胡森的旷世奇闻用文字记载下来。芭芭拉于1533年出生在利沃尼亚的兰努城堡,是尊贵而严厉的莱茵霍尔德·冯·蒂森胡森老爷与他品行端正的夫人安娜·索赫勒的女儿,当时在利沃尼亚主政的还是骑士团大团长沃尔特·冯·普利登堡①。芭芭拉的双亲现在都已经作古,在仁慈的主那里找到了安息之地。

我要叙述的一切都是我亲眼所见和从亲历者那里听说的:那是来自德国布伦瑞克一位名叫弗兰茨·波恩纽斯的外国商人,他曾经在伦古城堡为前述芭芭拉小姐的姑姑安娜·冯·特德温做过书记员,安娜的娘家姓就是蒂森胡森。

于是,主啊,请赐予我真谛,并引导您的奴仆用笔去寻求真相,分享公正,并尽其所能为人们罪孽的本性找到安宁。

我,马塞乌斯·叶勒米亚斯·弗里斯奈,托上帝的福在来自远方的莫斯科人到来之前一直在兰努城堡担任神父,

---

① 沃尔特·冯·普利登堡(Wolter von Plettenberg,1450—1535年),是条顿骑士团在利沃尼亚的行政长官。

曾经按照维滕堡纯洁正宗的福音教义，为芭芭拉的三位兄长即尤尔根、莱茵霍尔德和巴瑟劳塞乌斯以及她的七个姐姐都做过洗礼，也为莱茵霍尔德老爷的这位童贞女儿芭芭拉施行了神圣的洗礼。作为她的精神之父，我十分喜爱我的这位童贞教女，在这个苦难的山谷中，她比任何其他的教子或教女都距离我的灵魂更近。

尽管我们所说的这位芭芭拉小姐是11个兄弟姊妹中年龄最小的，而她的父母在生她的时候年事已高，但是他们好像是将他们全部的精力与心血都倾注到这个孩子身上了。客人们都对这位姑娘的美丽容颜和言谈举止惊叹不已，她说起话来如同大人一般，根本就不像是一个乳臭未干的小丫头，她那迷人的精神魅力也已经开始崭露头角。她那已经有了极乐归宿的母亲曾将她托付给我，她原来的想法是要把芭芭拉和她的一个哥哥巴瑟劳塞乌斯一起送到库尔兰大公①的宫廷内，向宫廷司仪和宫内女管家学习王室的礼仪和规矩，因为这位聪慧的母亲知道在当时的利沃尼亚是学不到任何贵族的优秀品质的，人们只能沉湎于醉生梦死、饱食终日、穷奢极欲和奢侈豪华的生活。

可是还没有等到她将自己的想法付诸实施，她和她虔诚的丈夫就被邪恶的病魔从现实世界攫走，由其长子尤尔根骑士袭承了爵位并接手了兰努城堡。那时芭芭拉小姐还只有十岁，而她所有的兄长和姐姐都已成家或婚配。这时这位如此年幼即沦为孤儿的女孩便被送到距离兰努城堡十公里之遥的伦古城堡，由其没有子嗣的姑姑、尊贵的安

---

① 库尔兰，德语 Kurland，16—18 世纪位于现拉脱维亚境内的公国，附庸于立陶宛大公国，其首任公爵曾为宝剑骑士团末任团长。

娜·冯·特德温夫人抚养。

在所有这一切发生的那个年代，利沃尼亚还在骑士团的统治之下，由骑士团大统领和大主教们共同掌管。骑士团领地当时还是一个相当富庶和受到庇佑的地方，尚未成为其他国家弱肉强食的对象。它当时被称作利夫兰，所有到过那里的人都愿意留下来生活，而不再设法离开。自从大团长沃尔特·冯·普利登堡战胜了莫斯科人之后，这块地方和当地的人民便享有了长时期的和平，利沃尼亚的福祉和财富也在不断增长，但与此同时恶魔也播种下了各种各样的杂草，在统治者及臣民中间弥漫着追求虚荣与奢靡之风，商人与手工业主以及非德意志的农场主们也都纷纷仿效自己主人的榜样，因而在整个教区内没有任何其他人像他们那样生活得如此醉生梦死、骄奢淫逸，各种不齿的性爱及享乐主义盛行，每个人都在充满罪孽的世俗欢娱中寻找自己的极乐世界。因此，这些骑士团的老爷、神父以及贵族们每天的工作就是消磨时间，他们除了打猎围捕野狼、棕熊和狐狸以及掷骰子游戏外，就是忙着出席一场场的婚礼和命名日庆典，奔走在一个个商贸集市之间。

伦古城堡的主人约翰·冯·特德温不仅在塔尔图主教区，而且在整个利沃尼亚都是属于最富有的骑士之一，他的伦古城堡名下有2200多户人家。约翰·冯·特德温和他的娘家姓蒂森胡森的夫人安娜，过着十分奢华的生活，因为他们喜欢花钱，也愿意对外炫耀自己的财富，从不藏着掖着。尽管他们不时地也会做一些善事，比如向教堂和危难中的人们施舍点什么，但是在他们的内心里还是充满了对世间凡人琐事的追逐。

安娜·冯·特德温十分疼爱自己的侄女芭芭拉，由于她自己不能生育，便将这位侄女视如己出。即使是这个小精灵想探出头去摘取云杉树梢上的月亮，对她如此溺爱的姑妈也会满足她的愿望的。而我，为了这个孩子能在精神上得到最好的指引，经常会对伦古城堡的安娜·冯·特德温夫人说："您可要提防着啊，不要让这个小家伙变得太过任性，因为如果她今后总是这样固执己见，那我该怎么办呢？我从哪里才能找到专治任性的解药呢？"对此，伦古城堡的女主人、她的姑妈只是笑了笑，因为她也像所有其他人那样深深地被这个孩子迷住了。

芭芭拉已经开始出落成容貌姣好的少女，这让我经常想起年轻的路得跟着波阿斯在田里拾捡麦穗的情形[①]。因为尽管芭芭拉站在那里人还显得很单薄，走起路来有点摇摇晃晃，但是她的体态已经非常完美和丰满。她的面孔是那样美丽，造物主给予了她如同海边芦苇一样白皙的皮肤和如同黑色金属般黑黝黝的头发。她无论是在地里还是在家里都把自己的头发梳成两条辫子，环绕在耳边就像是垂挂在头两侧的两串黑葡萄。尽管人们并没有把她视作一个游手好闲的人，她还是愿意在夏天像一个童贞少女那样用草场上的野花打扮自己的秀发。当她漫步走过滩涂草地或者百草园时，她会随手折取几朵紫罗兰或者绣线菊或者玫瑰花——因为她很喜爱香味浓烈的花！——然后插到自己的头发上，恰如其分地让自己看起来美若天仙。

很快就到了芭芭拉小姐应该受坚信礼并学习了解一切有关耶稣基督故事的时候了。于是芭芭拉小姐每个礼拜到

[①] 此处作者援引《圣经旧约全书·路得记》中路得与波阿斯的故事。

我这里来三次，有时骑马，有时乘车，有时也会步行来，因为这位小姐从小就很想在森林里和田野上漫游徜徉。她经常会端坐在我的面前，用她那深色的眼眸探索般地看着我，对慈爱的上帝敞开她那幼小的心扉。有时候我会对这个清纯少女充满信心与期待，她会将我说的每个字都铭记在心、珍藏于脑，但有时候我又会心生疑窦，感觉就好像她的灵魂在散发着一种陌生花朵的味道，仿佛她在兀自过着自己的生活。有多少次当她离开之后，我便会急切地向上帝祈祷，祈求主让她的灵魂保持纯洁与坚定，一直到最后的时刻来临。

当清纯的芭芭拉年满17岁时，她第一次参加了领取上帝圣餐的仪式。她的姑妈同时也是她的监护人，认为现在到了向外界展现自己侄女的时候了，以便能从利沃尼亚的年轻骑士中为她选择一位门当户对的青年作为她的如意郎君。而小姐的哥哥、兰努城堡的主人尤尔根骑士，虽然也是芭芭拉法定的监护人，却并没有把时间花费在这些事情上。

出身尊贵的安娜·冯·特德温夫人，就像是异教徒崇拜自己的偶像那样心系世俗的奢华，她让伦古城堡的四位未婚织女用了三个月的时间为芭芭拉缝制了一套衣服。安娜·冯·特德温的愿望是要为自己的侄女制作一套举世无双的礼服。有关这套礼服的消息在整个利沃尼亚地区乃至立陶宛大公国和波兰王国都不胫而走，因为礼服完全是用金丝缝制而成，即可以根据其重量按照纯金的价格卖掉，而上面的装饰从领口到裙摆到处都镶嵌有名贵的珍珠。这套衣服还配有一件披风，衬里是狸猫皮，外面是镶了一圈貂皮的紫色厚呢，另有镀金手包和一个沉甸甸的金项链以及金腰带，加在一起一共有900克重[①]。

如此这般的奢华在当时的利沃尼亚，无论是在贵族阶层还是在商人和手工业主中间也都是绝无仅有的，尽管在塔林和塔尔图以及拉克维尔的那些贵夫人在如何用衣物遮掩自己的罪孽之身的问题上都不会轻易妥协。因此有许多人或公开或私下对年轻小姐穿着如此奢华惊恐不已，认为这并不符合礼仪，这样的穿着更适合已婚女士，并严肃地警告称这样做最终会以泪水和后悔而结束。

其实纯真的少女芭芭拉本人并不是这种奢华的始作俑者，罪魁祸首是执意要这样做的她的姑妈安娜·冯·特德温。

于是伦古城堡的女主人安娜·冯·特德温夫人把自己的侄女芭芭拉带到了塔林城里，参加在那里举行的尊贵的埃格伯特·冯·乌克斯古尔与美貌的贵族小姐阿莱特·冯·里塞比特的婚礼。出席婚礼的邀请早在三个月前就向国内所有的城堡和庄园发出，为了誊写这些请柬还专门请了一位抄写员。由于在利沃尼亚的任何庄园都容纳不下如此众多的宾客，并且新郎和新娘的家族都是十分显赫富有的大家族，于是他们专门在塔林城里租下了一个商业行会的大厅。

由于这些婚礼和其他的类似庆典活动在当时那个充满了异端学说的年代被视作撒旦及其谎言的狂欢，我则不得不羞愧地承认："可怜的人啊，正是由于你们，地狱和毁灭才降临到这个国家。"

[①] 原文此处使用当地旧时重量单位60洛第，芬兰文 luoti，1 洛第约为15克，相当于半盎司。

然而，也正是在这些婚礼上才让纯洁的芭芭拉有机会展现自己的丽质与秉性，这令所有人感到震撼，也令许多人感到不快。

在这些庆典活动中聚集了来自利沃尼亚各地许多袭承了爵位的贵族与骑士，陪同他们前来的还有他们的家人、随从、侍者及赶脚，加在一起有几百人之众。对他们来讲，仅仅请了一个城市的鼓手乐队还不够，于是他们为了这一盛会还邀请了本国大公和驻军的鼓乐团以及来自远方一座城市的民间乐队。

来宾们骑着马组成若干个庞大的巡游队伍，浩浩荡荡地出了城墙，又回到城里，前后两次经过商业行会大厦前。鼓声震天、乐曲缭绕，烘托着庆典的喜庆气氛，豪华的阵容一直延伸到城里的广场上，以便向商人小业主及非德意志的人们展示。宾客一边兴高采烈地骑马行进，一边用火枪向空中射击，就好像是刚刚征服了一座重要城堡一般。他们胯下的公马身上披挂着沉甸甸的金链子，并点缀着一簇簇的羽毛，每一套装备都要花费足足九车的黑麦。那些住在城郊和城外的非德意志居民纷纷成群结队地跑过来看热闹，许多有身份的商人小业主及手工匠人也都放下手头的陶器胎模、啤酒酿槽，那些正在洗桑拿的人也连胡子都不刮就跑出来围观。

芭芭拉小姐与她的姑妈夫人每次也都与其他宾客一起行进在巡游队伍中，各自骑着自己的马。

当这些参加婚礼的嘉宾在下层平民面前炫耀够了，他们便进入商业行会大厅，那里已经为他们摆好了酒席。没有餐前的祈祷，也没有赞美的诗篇，宾客们很快就开始了狂饮暴食，大快朵颐。没有人说得清楚一共吃掉了多少肉牛、猪、鹅和公鸡，又有多少头山羊和多少条鲑鱼成了桌上的佳肴。许多骑士还相互比赛喝啤酒，他们用的木制啤酒扎硕大无比，大得都可以用来给刚出生的婴儿洗澡。他们一直喝到所有的人都烂醉如泥，瘫倒到桌子下面才肯罢休。他们喝了大量的啤酒，把行会大厅的木地板浸得就像是被水淹了似的，在舞会开始之前不得不用干草来吸水弄干，但是由于他们既没有喝葡萄酒也没有用银勺子吃饭，他们还是觉得脸上无光。

芭芭拉小姐周围就像是一群蜜蜂在围绕着甜蜜的花蕊一般，聚拢了许多年轻的骑士。一位年长的神父当着大家的面大声对一个年轻人说：

"那可是一棵贵重的蜜糖树，你一定要把它请到你家的殿堂里——等到家眷开始成群的时候，你或许能让我也分享你的甜蜜。"

这引起了人们的哄堂大笑。我看得出来，伦古城堡的女主人安娜·冯·特德温对所有这些向她侄女示好的举动都感到心花怒放。

接下来他们又一次列队骑马进城，芭芭拉小姐亦随同前往。当他们来到一个被称作厨房之巅①的塔楼前时，我偶然听到有一位女眷用乡下口音说：

"快看那位身穿金缕裙子的小姐啊！她金光闪闪的不就像是一位祭坛天使吗？"

我也不禁回头看去，看到芭芭拉小姐身着她那件沉重的金衣裳，仿佛要被压垮的样子，她黝黑的秀发在两鬓梳

---

① 原文此处为 Kiek in de Kök，指位于塔林城堡中的一座塔楼。

得高高的，外面套着金丝发罩。

她在巡游队伍里显得是那样端庄美丽、年轻丰润，就连我这颗衰老的心也不禁为之一振，但我担心的是她那不朽的灵魂是否能得到安息，对我而言，这远比她在尘世间的成功更为珍贵。

我听到背后一个一瘸一拐地站在路边、身上穿着皮匠围裙的男人说：

"那不是在《圣经·启示录》中提到过的巴比伦妓女吗？用同样的金子可以让上千个贫贱的人穿上衣服。"

当我听到这些关于芭芭拉的话后我着实吓了一跳，因为她在我的眼中还只是个孩子。我赶紧又回过头去看了她一眼，发现她也听到了这些话，因为她的脸色苍白，血色已经从她年轻的脸颊完全消退了。

当我们回到商业行会大厅时，芭芭拉小姐立即离开了其他宾客，径自逃回她的寓所。这样的非礼议论对一位贵族小姐而言简直是太过分了。当天晚上，她谁也没有告诉就匆匆忙忙地只带了一个仆人向伦古城堡方向奔去，这让尊贵的安娜·冯·特德温夫人大为吃惊，她不知道为什么她侄女的脑筋在突然之间就转了180度。

几句前言不搭后语的话就导致如此大的变化，可见这位小姐的心思就像是一口深不可测的井一样。

在塔林之行之后，芭芭拉小姐将那件金丝裙挂到柜子里，对自己的姑妈说道：

"您可以把这件衣服的金子按重量卖掉，如果您愿意的话还可以把钱送给身陷困境的人，反正我是不会再穿它了！"

她的姑妈、伦古城堡的女主人听到她这样说很是生气，说道：

"你真是个忘恩负义的孩子，你难道不懂得珍惜别人为你做的一切吗？"

芭芭拉回答说：

"把它拿走吧，就让我成为那个最不知好歹的人吧！这个金丝裙我实在是承受不起，我的姑妈夫人！"

在这个年轻姑娘的身上还发生了其他的变化，其他人也都注意到了。

这位芭芭拉小姐开始造访那些非德意志人居住的烟熏小屋，他们通常都是很凄惨地与家中的牲畜一起混居在这样的小屋里。芭芭拉主动与他们的妻女交谈，向她们传授诸如绣花和精纺的各种技能。她还开始与她们一起消磨闲暇时光，虽然我不会称其为罪孽，比如像听她们在干活时或在家中的各种场合上吟诵的非德意志异教徒的咒语和歌谣。请上帝感召她们吧！她们虽然已经皈依了基督教，也接受了洗礼，但在她们内心深处仍然还是不折不扣的异教徒。她还尝试着要把这些令人作呕、无头无尾、纯粹是撒旦胡说八道的诗歌记录到纸上，用字母写下来。

有一次她还鼓起勇气当面向伦古城堡的主人约翰·冯·特德温提出，不应该再用鞭子抽打或惩戒那些非德意志的下等人。约翰老爷则十分正确地向她明确指出，惩戒对于这些非德意志的人来说，无论是在肉体上还是在精神层面都是必须的，同时像她这样的女流之辈不宜过问那些超出上帝赋予她们理解能力之外的事情。

可是芭芭拉小姐并不理睬这些劝告和批评，她仍然没有放弃与那些非德意志人的交往，因为这些交往对她而言，似乎要比像一个淑女那样与其他同等级贵族小姐们坐在一起，与年轻的骑士们做一些天真无邪的事情是一种更大的乐趣，更高档次的精神享受。

此时在这位年轻少女的脑海里究竟在转着什么主意，她的思绪在向哪里漫游，只有上帝才知道，是上帝以他那无所不知和秘而不宣的旨意将她从泥土中造出，从而也会探究她的心灵与肉体的去向。

这时的芭芭拉小姐已然年满18岁，早已到了谈婚论嫁的年龄。

仲夏节后，伦古城堡聘用了一位名叫弗兰茨·波恩纽斯的新书记员。他最早是来利沃尼亚经商的，其父母都是德国布伦瑞克的体面人士。

在一个夏季的晚上，当芭芭拉与她的两个表兄妹和另外两个贵族小姐一起散步回来时，他们在城堡的大门口遇上了迎面而来的尤尔根先生和其他两位骑士，以及与他们在一起刚刚抵达的波恩纽斯。

而我则站在稍远一点的地方，目睹了这一切。

按照利沃尼亚的古老习俗，贵族们无论是在城里、乡镇、庄园还是村里见面时，都是要友好地相互拥抱亲吻，以示敬意。因此当骑士们经过小姐身旁时他们不能直接走过去，而是要停下来视情拥抱一下或者行吻手礼，即便是对他们不认识的小姐也应如此。这一习俗在与莫斯科交战之前一直都保留着，但是在战争期间却失传了。

人们对于这一习俗一直交口称赞，因为这确实是一个非常体面和有身份的习俗，亲吻本身也完全是彬彬有礼的那种。

于是尤尔根骑士第一个走向前向小姐们致意，亲吻了每一位小姐，小姐们也都愉快地接受了他的问候。在这之后，两位来访的骑士也亲吻了所有五位小姐，即芭芭拉和她的两个表亲和其他两位小姐。

而所有的小姐都很年轻，犹如沾满了甘露正在蓬勃生长的青草，虽然青草有朝一日也会变得枯黄成为柴火。傍晚是那么温馨美好，天空上的朵朵云彩就像是一群群小白羊一般。

那位名叫波恩纽斯的新来的书记员一直站在原地等所有的人都走过去。我看到了他男子汉的形象和挺拔的身材，但步履仍显得十分轻盈。从他的眼神中可以看到勇气和责任感，就像那些热血沸腾、气冲霄汉的人一样，而他的本质看起来更像是一个雇佣武士，而不是一个手握鹅毛笔的人。我还发现，他的两只耳朵小而精致，贴近头侧，这是智慧的象征；他的脸上看不到赘肉，显得十分消瘦，让人联想起老鹰的样子。

芭芭拉还没有见过波恩纽斯，以前也不认识他，便对他调侃说：

"尊敬而严肃的骑士，难道你不想按照当地的规矩使用给予你的权利吗？"

而波恩纽斯则像一位地位低一等的贵族应该做的那样回答道：

"尊贵的小姐您弄错了，因为我确实不是骑士，而只是伦古城堡新来的书记员。"

而我，马塞乌斯·叶勒米亚斯·弗里斯奈，一位从来没有触碰过异性也不了解情爱欢愉的长者，却懂得看人，就像酒窖大师熟悉自己窖藏的葡萄酒一样。因为我曾经阅人无数，有那么多的人曾经向我敞开心扉，我曾接受过许多人的忏悔，尽管在《奥格斯堡信纲》[①]问世之后，根据上帝的旨意在利沃尼亚取消了忏悔礼。

因而我十分清楚地了解人的秉性。

我知道，因为这两个年轻人彼此所说的一番话，他们之间在这一刻就产生了缘分，发生了那种谁也不用做什么、谁都不会察觉的变化。他们之间有一根牢固的纽带将他们的命运连接到了一起，至死不渝。但是那时的他们对此还毫不知悉。

芭芭拉小姐就像是草地上的越橘花那样唰地一下满脸通红，站在原地转了一圈，便与自己的表姐妹们叽叽喳喳地走开了，仿佛什么事都没有发生似的。

当我再一次见到芭芭拉小姐和弗兰茨·波恩纽斯时，已经是冬日的烛光时节，那是在兰努城堡举行的一次斗熊游戏[②]期间。这时城堡的主人已经由芭芭拉小姐的兄长尊贵的尤尔根·冯·蒂森胡森骑士继承，他迎娶了歌特哈德家的女儿艾德·冯·奈伦。

如同在利沃尼亚的许多其他像他那样继承了庄园的主人那样，尤尔根骑士也在城堡里饲养着两三只年幼棕熊，

[①] 原文此处为拉丁文 *Augsburg Confessio*，指1530年在马丁·路德指导下起草的路德教信仰纲领，呈交神圣罗马帝国皇帝查理五世供在奥格斯堡召开的帝国会议调和天主教与路德派之争用。

[②] 中世纪在欧洲贵族庄园盛行的熊狗斗，用以培养猎狗的狩猎技能。

这些森林野兽都是在小崽的时候从熊窝里捕获的，现在用锁链拴着。尤尔根先生还长期饲养着十条专门用于斗熊的猎狗，所有的狗都经过精心培训，每条狗都由从非德意志的人中挑选的仆人负责照料。

现在这些幼熊已经长到两岁左右，可以筹办玩斗熊游戏了。先是需要从城堡院落里挑选出一块开阔宽敞的空地，而那些出身高贵的老爷和太太则都把自己裹在了貂皮、紫貂皮和豹子皮等贵重的裘皮大衣里，因为此时的天气早已是毫无生气的冰天雪地了。

我发现芭芭拉小姐坐在自己姑妈旁边的台阶上，她们头顶上是一个有柱的篷子。那个书记员也随着伦古城堡的女主人前来，坐在稍后一点的地方，一个符合他身份的位置。

在此期间，那些猎狗早已是焦躁难耐，生不如死，犹如患上了狂犬病一般或低声鸣嚎，或狂吠不止。主人并没有把它们马上放出来冲向那只棕熊，一直到它们的血性被燃起，只见这些猎狗双眼怒瞪，凶相毕露，恨不得马上冲上去把这只棕熊绞杀在血泊之中。

那只年轻力壮的棕熊被铁链拴着牵到了空地中间，看护者解开铁链放开了熊，它开始在雪地上打起了滚。这时，尤尔根骑士手持皮鞭催促着一条猎狗道："苏丹上！"只见一条大猎狗立即不声不响地穿过雪地冲向棕熊，直接扑上去咬住棕熊的耳朵。那只棕熊低声吼叫了一声，抖了抖全身厚厚的毛皮，用熊掌猛地一下扇向猎狗的嘴巴，这一击让人不禁会相信这条狗的末日到了。这时尤尔根骑士又催促道："牧力上！"只见另一条叫牧力的猎狗飞也似的冲上去咬住了棕熊的另一只耳朵。

此时这只森林野兽倒退了一步站在后腿上,开始用两只前爪揉搓着自己的头,就好像是想要抚慰一下自己的耳朵似的。看到这一幕,那些贵族老爷和太太都欣喜若狂,并像是事先约定好似的纷纷大声呼喊,催促猎狗们快上。尤尔根骑士又一次性地唤出了六条猎狗向那只棕熊发起攻击。只见它们有的咬住熊的脖子和后颈,有的则像血吸虫和水蛭一样咬住毛簇吊在熊的身上。过了差不多一刻钟,那只棕熊开始歪着身子慢慢地倒下,大声喘着粗气,发出低沉的吼叫,但却再也无法站立起来了。

由于尤尔根骑士并不打算在这一次斗熊时就把这只棕熊杀死,而是希望把它留到下一次游戏时,于是他便命令仆人上来牵走猎狗。这些非德意志的仆人抓住这些狗的尾巴,把它们从熊的身上分开,并用冰雪擦拭狗的嘴巴和牙齿。这一切都很值得观看,也很有教益,有助于培养积极向上的情操。

正当大家都在忙着做这些事情时,芭芭拉小姐小脸冻得红扑扑的,站了起来,用清脆的声音说:

"你们为了一饱自己的眼福而如此虐待生灵难道不觉得羞愧吗?我再也不想看到这一幕了!"

说完这些话,芭芭拉便转过身去走进屋里,不再出来了。这在现场引起了一阵骚动和窃窃私语,她的姑妈尊贵的安娜·冯·特德温对自己的侄女如此不当的表现感到无地自容,这位小姐可是她从一个孤儿一手抚养大的。

兰努城堡的主人、芭芭拉的兄长尤尔根·冯·蒂森胡森则当着大家的面说道:

"就让全世界的瘟疫都冲着我来吧!我一定要把这位小姐降伏!"

说这些话时,他已全然没有任何兄妹之情,更不用说爱了。

这时我的目光正好转向那位书记员即那个叫弗兰茨·波恩纽斯的方向,我发现他的神态突然发生了变化。他看起来似乎在那一瞬间就想要冲过去掐住尤尔根的脖子,就好像那些猎犬冲向棕熊一般。

而所有听到尤尔根骑士这样说的人,在发生了注定要发生的那一切后,都还记得他说的原话。

在冰天雪地和漫长的冬天之后,春天到来了,到处听得到林鸽和布谷鸟的叫声。在地里劳作的人们也开始了他们的农活,进行耕作与播种。这时是1553年。

我经常能听到关于伦古城堡新的书记员弗兰茨·波恩纽斯的消息,说他忠实可靠,工作尽心尽力,从不贪恋啤酒,也不参与打赌,不玩掷色子游戏。于是他被委以许多重要的事务,而他也完美地完成了所有这些任务,得到了权贵们的赏识。不过他同时也被视作一个孤傲清高、不合流俗和脾气暴躁的男人,有人说他即使滴酒不沾也会热血沸腾,而其他男人却要借助产自夏布利与欧塞尔[①]的葡萄酒才行。

在一个早春的傍晚,我从伦古城堡回来时抄近路穿过一片落叶林,这里是放牛的人经常光顾的地方,牧童会从桦树皮的开裂处采集桦树汁。我感谢上苍即我的主给予我们这即将开始的美好夏日,祈求利沃尼亚大地上永享平安。

我听到有非德意志的人按照他们每晚的习俗吹奏风笛,

[①] 原文此处为法文 Chablis 和 Auxerre,是法国勃艮第最靠北的葡萄酒产区。

笛声在静谧的傍晚可以传到十公里之外。

当我走出桦树林来到滩涂草地上时，我看到尊贵的芭芭拉小姐与伦古城堡的书记员，即那位来自布伦瑞克的弗兰茨·波恩纽斯，就像恋人一般彼此挨得很近地坐在一个草埂上。他们正在盯着面前的一只刺猬看。那只刺猬拜它的习性所赐似乎是嗅到了危险，将自己紧紧地缩成一团，并像开锅的汤那样哆嗦个不停，抖着浑身的刺吓唬对方。当他们看够了这只刺猬的伎俩后，芭芭拉小姐便小心翼翼地把刺猬轻轻拎起，放进自己的围裙，再放回榛子树丛。

这时书记员弗兰茨·波恩纽斯用双手将芭芭拉小姐揽到自己的怀中并亲吻了她。我听到芭芭拉小姐仿佛是心中满怀悲哀似的重重地叹了一口气，而她的神情却又像是恋爱中的人那样热血沸腾，充满了幸福。

我悄悄地绕过他们走了过去，没有被他们察觉。我为他们而感到一丝压抑，我对自己说："主啊，这会是罪过吗？"但是没有听到主的答复，因为主在这时对我缄默不语。

在这之后没过多久，在一个礼拜六的傍晚，当我独自一人坐在那里正在思考着第二天的布道词时，门忽然打开了，芭芭拉小姐走了进来。

她的到来让我吃了一惊，因为那时天色已晚，而且我从她的鞋子上可以看出她是从伦古城堡一直走到兰努城堡来的，两座城堡之间的距离少说也有十公里。她自从为准备坚信礼来我这儿上课之后还从来没有再到我这里来过。

我把手中的纸和布道书以及《圣经》放到一旁，等待着她开口。

她在问候过我后向我问道：

"神父，您能否告诉我《派尔努协议》是怎么一回事？又怎么解释它呢？"

当时的情况是《派尔努协议》已经签署，其中规定贵族出身的小姐不能与低等级的人结婚，以确保贵族血统的纯正。

我立即猜出了她这么晚过来找我的目的，我回答说：

"我的孩子，我这里不巧没有《派尔努协议》，但是如果你愿意，我可以给你读一下我们真福[①]大团长沃尔特·冯·普利登堡就此致沃尔玛尔议会的一封信。"

她低垂下她那有着一头乌黑秀发的头，轻声得仿佛是耳语一般说：

"读吧，神父！"

于是我找到了沃尔特·冯·普利登堡写于1507年的那封信，向她读了以下内容：

> 同样，如果贵族小姐或者寡妇违反其亲戚朋友的意见与建议改变主意，嫁给了不合适的人，那么她们将被所有体面的女士唾弃，她和她的帮凶将会受到谴责，她本人以及她的家人与朋友都将受到惩罚，死于饥饿。

当我读完了这一段后，芭芭拉小姐抬起了头，我从她的语气中听出了不悦和任性：

"就这些吗？"

---

① 真福是天主教会追封已故天主教徒的一种尊称，是对天主教殉道者或者虔诚者册封的仅次于圣人的第三个阶位。

我说道：

"与此相关的内容确实就是这些。"

她问道：

"我的神父，您能否给我解释一下什么样的人会被称为不合适的人呢？"

我根据法律的解释这样向她答复道：

"我的孩子，不合适的人是指与贵族小姐或者寡妇血统和等级不同的人。"

芭芭拉小姐说：

"您自己相信事情是这样的吗？"

我对她的追问感到十分惊讶，回答道：

"这是世俗法律，我的孩子，与信仰和上帝的法则不同。"

芭芭拉小姐站了起来，她现在比我这个年老背驼的人要高出许多，她从我的头顶上向前望去。我看得出来她现在这样说的时候神情十分激动：

"这才是一个最不合适的法律，是所有立法中最不恰当的，那些制定这个法律的人在自己的一生中对男人、女人和爱情都一无所知。"

当她这样说的时候，我可以窥见她的灵魂犹如玻璃一般纯净，我苍老的心为这位纯真小姐的心灵感动得颤抖，她是我从小看着长大的，她对我来说就像是亲生女儿那样亲。

我不无忧伤地看着她那丰润的身段，那是由造物主所赐，必将根据他的意愿使她子孙满堂，一代一代地繁衍出新的生命。

我可以预见到她的命运，我仿佛能从镜子里看到她所有的未来，我对她说：

"芭芭拉，芭芭拉——你没有了爸爸妈妈，很小就成了孤儿。你现在要向我敞开你的心扉，向我这个曾经为你做了洗礼和坚信礼的老人坦承——你还是要去爱那个书记员，那个从布伦瑞克来到这里的弗兰茨·波恩纽斯？"

这时她的骄傲已像泡沫一样散去，她跪到地上抱着我的膝盖一边哭一边说：

"正如神父您所说的，我爱弗兰茨·波恩纽斯。"

我就此对她说：

"可怜的孩子莱茵霍尔德的女儿芭芭拉啊，可怜的你那已经升入天国的双亲啊，为什么要发生这样的事！不过还有时间，快把那个男人、那个过路人和强盗从你的灵魂中清除出去吧。"

她回答道：

"我的神父，您认为他是不合适的人吗？"

我说：

"我并没有听说过任何有关他的不好的说法，但是他配不上你那贵族血统和地位，蒂森胡森家族无论如何都不会同意这门亲事的。"

她停止了哭泣，站起来回答说：

"我绝不会离开弗兰茨·波恩纽斯的，即使我注定要因为他被饿死。"

我从她的眼神中看到，这是她真实而坚定的愿望，为了这个男人、为了与他在一起，她愿意付出自己的生命。

我了解这个姑娘的性格，十分坚强。

她以前对我而言是那么明亮、纯净，就像大山里的水晶一样，现在则像是一颗红宝石一般闪闪发光。而这一切都是因为有了爱。

我只是静静地说道：

"你接下来准备怎么办，芭芭拉？"

她同样静静地回答说：

"我不知道，我的神父。也许我会让我所有亲爱的哥哥知道这件事。不过如果您听到什么关于我的事，请不要惊讶，也不要谴责，因为这些事情不宜用凡人的尺度来衡量。"

说完她就离去了。

剩下我一个人后，我开始思考人的爱情以及爱情给予人超越他的精神与肉体的意志，那是一种可以消除人的内心对于死亡惧怕的力量。

我思考了很长时间，一直到夜幕降临，我还坐在那里苦思冥想，但我还是理不出任何头绪，并差一点忘记了我还要写布道词的事。

我的灵魂在那天晚上备受煎熬，因为我不知道该怎么办，我透过自己的灵魂看到，这件事最后不会有好的结果。那天晚上，在我与主和上帝之间还有过一点纠结，因为我的灵魂中有一个声音在命令我去向她的法定监护人尊贵的安娜·冯·特德温夫人和兰努城堡的主人尤尔根·冯·蒂森胡森告发我从芭芭拉小姐口中听到的话。而我却无法分辨这个声音到底是来自上帝还是恶魔。

到了破晓时分，我决定将所有这一切都埋藏在心里。

这个夏天就这样过去了，并没有发生什么特别的事情，但还是有不少关于战争的传闻，因为莫斯科人在与鞑靼人交战中获得了大捷，这个消息让所有基督徒的心里都深感忧虑，因为他们猜想厄运很快就会轮到利沃尼亚了。但是人们在利沃尼亚并没有对自己的穷奢极欲有所收敛，而是继续在大肆挥霍、饱食终日、无所事事，这只能让莫斯科人和恶魔称快叫好。贵族们在议事大会上讨论的都是怎样管束家里的佣人和其他低等级的人，起因是有人同贵族身份的人一起跳了舞，而却无人提及如何应对莫斯科人的入侵。

尽管苍天、太阳、月亮和星辰都在明显地表明它们的不安，但是这个固执的部族并没有吸取教训。

八月，塔尔图城里的商人和手工业主发现月亮并非像造物主最初造出时的那样。月亮不再是圆的，而是在不断地长大，直到变成一个像啤酒桶那样大的圆盘，之后突然又变小了，就好像马上要掉下来一样，接着又猛地一下升到高空，用耀眼的光芒照亮了所有的地方。在月光中，人们看到一个留着长长卷发和胡子的死人头颅，接着是一个女人的头颅，眼睛深陷，围着悲伤的纱巾。在塔尔图城里的大广场上，有大约两百人站在市政厅前见证了这一天象，他们中间不乏许多颇有名望、闻名遐迩的城市业主。

九月，人们又看到了一颗彗星飞过天空，它那火红的、燃烧着的尾巴就像是一把巨大的扫帚一样，要把天穹上的地板打扫干净。

人们看到了这些自然现象产生了许多猜想与预测，正如一位法官就此所做出的推断的那样。

尽管这些天体在被创造以来一直是完美地按照规定的轨道运行，但是它们运行的法则和形状仍会发生变化，更何况在自己的命运中始终摇摆不定的人类部族？

但是有一点似乎是肯定的:上帝想惩罚利沃尼亚,就像他此前惩罚索多玛[①]、君士坦丁堡以及其他一些国家和城市那样。

到了秋天,至十一月底湖水都上了冻,包括那一大片被称作沃尔茨湖的水域。沃尔茨湖距离兰努城堡的路途冬天是两公里半,夏天是五公里,而距离伦古城堡冬夏都是十公里。

在一次礼拜天的祷告活动结束后,信徒们都离开了教堂,我也从教堂的厢房取了东西刚刚准备离开,忽然听到教堂里传来一阵簌簌的声响。我猜想那是教堂的值更执事或者是敲钟人还留在教堂里,可是当我从厢房的门口望过去时,我看到芭芭拉小姐正趴在神坛前面石地板上的一块石碑上。

她的已经在天国安息的双亲莱茵霍尔德·冯·蒂森胡森老爷和夫人安娜·索赫勒就葬在那片石地板下面,石碑上镌刻着他们的名字。

我看到芭芭拉小姐怀着极度的悲痛一边哭泣一边抱着石碑,仿佛石碑是有生命的并给予了她温暖一般,她把石碑紧紧地靠在自己胸前。

我走近了她,说:

"芭芭拉,出了什么事了?"

她被我的出现吓了一跳,过了一会儿才缓过神来。

她说:

"我在同我在天国安息的妈妈说话。"

[①] 索多玛,Sodoma,死海东面古城,据《圣经·创世纪》记载,该城曾因受到上帝的惩罚而毁灭。

在这之后,她把裘皮大衣裹在身上,目光看着别处走向门口。

可是当她走到了门口却又突然折了回来,谦卑地说道:

"神父,请为我祈祷,让上帝保佑我吧。"

我没有多问便祈祷上帝保佑她,她双手合十,头垂在胸前听着我的祈祷,看起来平静了许多。

我声音很轻,仿佛像是吸了口气似的说道:

"你现在要走了,芭芭拉?"

她回答道:

"我现在要走了。"

尽管她说的这些话听起来很普通,但是就好像她用这些话告诉了我她的一个天大的秘密。

我看着她乘着雪橇驶向伦古城堡。

第二天早上,兰努城堡的主人尊敬的尤尔根·冯·蒂森胡森骑士骑着马来到神父寓所的院子里。他把马匹丢给仆人照管,径直走到我的房间里,坐在六个月前芭芭拉小姐坐的同一个座位上。

我看到尤尔根骑士在他的所有姊妹中与芭芭拉长得最像,不过他现在青筋暴起,脸上现出深深的皱纹,就好像是牙齿咬得太紧所致。

他还未及开口,我就已经知道他都要对我说什么了。

他这样说道:

"出事了,我妹妹芭芭拉坐到了那个书记员、那个遭诅咒的波恩纽斯的雪橇上了。"

由于我已经庄重地承诺要如实记载并只记录真相,因此我羞愧并忧伤地承认,我的心在胸膛里为这两个相爱的人狂跳不已。

我只说了声：

"你说什么？这是怎么发生的？"

尤尔根骑士说：

"我是不是我妹妹的监护人？假如蒂森胡森的血脉不能保护她，那么谁又会保护她？她走了。她告诉我们她想要与那个出身卑贱的见鬼的家伙一起踏入婚姻的殿堂，在我拒绝了之后，她就离家出走了。他们清晨从伦古城堡找了雪橇和马匹，向里加方向奔去了。"

我又问了一句：

"你们派人去追他们去了吗？"

尤尔根先生说：

"即使他们把自己藏到地狱里，我也能够把他们找到。即便我不是为了保护我的妹妹，我也要维护蒂森胡森家族的名誉。"

他怒气冲冲地走了。

蒂森胡森家族是利沃尼亚非常强势的一个家族，也是国内最古老的家族之一。他们的家族自恩格尔布莱特·冯·蒂森胡森开始人丁非常兴旺，他从大主教约翰·冯·瓦伦罗德那里获得了坐拥自己庄园的权利。他们还通过联姻的方式与利沃尼亚最重要的家族结合到一起。他们一直十分强调家族精神，在他们当中任何一个人身上发生的事情都会被视作针对整个家族和每一个家族成员的事。

他们认为现在发生在蒂森胡森家族一个年轻女子身上的耻辱就是对他们所有人的伤害。于是他们集体向骑士团和兄弟会提出请求，要求骑士团向里加市政府发出指令，不得向私奔者发放婚嫁许可，同时也要向波兰和立陶宛方面发出指令，理由是这个书记员弗兰茨·波恩纽斯不顾女方亲友的反对而诱骗了这位小姐，从而不仅使这位小姐也使这位小姐的整个家族蒙上了羞辱。同样的指令也发给了骑士团所有附属国家。

我则开始经历自己以前从未经历过的那种日日夜夜。

在这段时间里，每天夜晚都是风雨交加，饥饿的野狼壮着胆子成群结队地闯到神父寓所草场后面的森林边缘，发出鬼哭狼嚎的恐怖叫声，不知把多少人的头发都吓得竖了起来。

人们说，狼群是在为战乱、瘟疫和死亡的降临而嚎叫。

而我知道，它们是为了芭芭拉小姐和她即将面临的死亡而哀嚎。因为我丝毫不相信所谓抓不住她的说法。听着狼的嚎叫声，我难以阖眼入眠，芭芭拉小姐的身影一直在我的眼前晃动，无论我把头转向哪个方向，我都能看到她娇小的脸庞。这是因为我是多么疼爱这位小姐啊，当然只是在精神层面发自真心的爱怜。

有多少个夜晚我夜不能寐一直到清晨公鸡报晓。

假如我应当在上帝面前回答说我想要什么或者说我希望得到什么，说真的，我无法回答。

在此期间，他们在所有通往里加的道路上追捕这两个私奔者，蒂森胡森家族所有的年轻骑士都参加了这场追逐，就好像这是一次捕捉野狼或者狐狸的行动。在追逐者当中也不乏许多对森林和沼泽地十分熟悉的非德意志人，因为私奔者有意一直等到冬天地面上冻才出发,这样他们就可以轻松地穿过大片的沼泽地了。

有一天早上,我的非德意志的女佣玛莱闯进我的房间,用她乡下的土话说:

"已经抓住了!"①

我问道:

"抓住谁了?"

玛莱回答说:

"是伦古亲爱的小姐!"②

我只能说:

"耶稣基督啊,上帝唯一的儿子啊,请饶恕我们吧!"

其他我什么也说不出来了。

同一天,我接到尤尔根·冯·蒂森胡森的邀请要我马上赶到兰努城堡去。

当我抵达那里时,只见吊桥被拉了起来,到处都是守卫,就好像要防范敌人的进攻似的。城堡的院子里满是照料马匹的佣人和贵族的下人。

尤尔根·冯·蒂森胡森在院子里迎着我走过来说:

"我们抓住了芭芭拉,但那个书记员弗兰茨·波恩纽斯让他给跑掉了。"

我从他的声音里马上听了出来,他们不打算给予芭芭拉以任何世俗的赦免。

我问道:

"为什么要把我叫过来呢?让我到这里来是有什么

---

① 原文此处为爱沙尼亚语 Juba käes。
② 原文此处为爱沙尼亚语 Eks ikka Rongu armuline preili。

事吗?"

尤尔根先生回答说:

"你要参加一个委员会,因为我们要审判我的妹妹。"

于是我走了进去。

兰努城堡里为了商议此事聚集了家族最年长者即继承了孔古塔庄园的莱茵霍尔德·冯·蒂森胡森,以及娶了安娜·蒂森胡森为妻的伦古城堡的主人约翰·冯·特德温,还有芭芭拉小姐的亲兄长巴瑟劳塞乌斯骑士、莱茵霍尔德骑士和尤尔根骑士即兰努城堡的主人,还包括芭芭拉的姐夫约翰·冯·布克斯胡登和哥特哈德·冯·奈伦,以及其他八位蒂森胡森家的族人。

我多么希望我能更详细地了解这一切是怎么发生的,但是我谁都没有问,因为我就好像是处在敌人们中间,我脚下的大地在燃烧。

我们一共有16个男人在兰努城堡里审判一个小女子。

在城堡大厅里,所有16个男人先后入座,孔古塔庄园的主人作为家族最年长的人坐在中间,这时芭芭拉小姐被带了进来。

墙上悬挂着蒂森胡森家族世代相传的家族徽章,上面是金底衬托下的一头黑色公牛。

我的眼前先是一阵模糊,当我能再次看清楚时,我看到芭芭拉小姐的身形已不像先前那样圆润,她的眼窝深陷,但是她的目光并没有朝向地面,而是像一团烈焰一般严厉地投向每一个人。在这段时间里,她仿佛度过了十个漫长的年头。

孔古塔庄园的主人向在座的人问道:

"谁来提出指控？"

尤尔根先生回答道：

"我来指控。"

孔古塔庄园的主人问道：

"你要指控谁？"

尤尔根先生回答道：

"芭芭拉·冯·蒂森胡森，莱茵霍尔德的女儿。"

孔古塔庄园的主人问道：

"你要指控莱茵霍尔德的女儿芭芭拉·冯·蒂森胡森什么呢？"

尤尔根先生回答道：

"我，当着我的家族和亲戚的面，在全能的上帝面前指控她与在伦古城堡供职的、来自德国布伦瑞克的商人和书记员弗兰茨·波恩纽斯保持了不正当的关系，指控莱茵霍尔德之芭芭拉因此而触犯了《派尔努协议》的规定。"

孔古塔庄园的主人把头转向迄今一直在倾听的在座各位问道：

"你们是不是都听清了这项指控？"

他们同声答道：

"我们都听清了。"

孔古塔庄园的主人又把头转向芭芭拉小姐的方向，同样也向她问道：

"莱茵霍尔德之女芭芭拉，你是否听清了你的兄长对你的指控？"

芭芭拉小姐回答道：

"是的。"

孔古塔庄园的主人向尤尔根先生问道：

"你是否愿意向本审判委员会说明你是从哪里找到这位小姐的？"

尤尔根先生回答道：

"我们是从位于科伊瓦河畔的塞盖沃尔德即西古尔德的好人洞里找到她的。"

孔古塔庄园的主人再次转向芭芭拉小姐问道：

"莱茵霍尔德之女芭芭拉，你现在回答我们，你对这项严厉的指控有什么要辩驳的吗？你要记住，全能的上帝在听着你所说的话。"

芭芭拉小姐提高了声音回答道：

"我对此没有什么其他可说的了，我已经根据法律向我亲爱的兄长们提出我希望能与前面所说的弗兰茨·波恩纽斯缔结婚姻关系，我亲爱的兄长们却威胁要剥夺我的嫁妆。于是我向我亲爱的兄长们表示，我不想要任何嫁妆，我可以从我父亲的家中净身出户，正如我来到这个世界上时一样。但是我的要求并不为我亲爱的兄长们所接受，而是要坚持他们强硬的反对立场，因此我与这位弗兰茨·波恩纽斯一道逃走，以便能与他一起结成连理，生活在异国他乡。在此，我在各位面前承认他为我的丈夫。"

孔古塔庄园的主人说道：

"你是否愿意告诉我们，谁为你们主持的结婚仪式？又是在哪里举行的？"

芭芭拉小姐回答道：

"我当然可以。"

孔古塔庄园的主人说：

"你如果可以，就说出来吧。"

芭芭拉小姐回答：

"是天上的上帝为我们证的婚。"

就此,坐在审判委员会里的我提高了嗓门表示:

"上帝确实不会为人类缔结婚姻,但是他会为教堂即他在地上的仆人主持落成典礼。"

尤尔根先生大声说道:

"你不是波恩纽斯的妻子,而是他的情妇,森林里的野狼组成了你们的婚礼队伍。"

孔古塔庄园的主人向芭芭拉小姐问道:

"你现在如实告诉我们,那个在危难之中遗弃了你的弗兰茨·波恩纽斯在哪里?"

芭芭拉小姐激动地反驳道:

"弗兰茨·波恩纽斯从来没有在危难之中抛弃我,而假如我知道些什么的话,即使你们把我钉到十字架上,将我的肢体一一摧残,我也不会告诉你们的。但是我相信并坚信不疑的是,你们还会听到他的消息的,但是到了那一天的清晨和傍晚,你们是不会得到任何保佑的。"

孔古塔庄园的主人被这个倔强、固执的回答激怒了,他向芭芭拉小姐问道:

"你是否知道,自己犯下了如此大罪等待着你的是什么?"

芭芭拉小姐回答道:

"我知道。"

孔古塔庄园的主人再次问道:

"你是否知道,按照法律你要被处死。"

芭芭拉小姐回答道:

"我知道。"

孔古塔庄园的主人缓和了一下声音说道:

"是否有什么人，你想要请他站出来为你的罪行进行辩护？"

芭芭拉小姐的目光在大厅里巡视了一圈，最后停留在我的位置。她回答说：

"没有——因为有谁会为一个小女子进行辩护，她所依托的都已经被剥夺，本应成为她呵护者的血亲却都背弃了她。"

尤尔根先生说：

"他们并没有背弃你，是你自己像个荡妇一样从家里出走了。"

于是我从座位上站起来说：

"我并不想就世俗的法律对你们说什么，因为你们对其条文比我更清楚。我只是想祷告说：宽恕一位少女吧，她的罪过只是因为她爱得太深，爱情让她迷失了双眼，让我们以爱的名义原谅她吧。"

没有任何人对我的话做出回应，我感觉这些话是白说了。

孔古塔庄园的主人在此之后拿起《派尔努协议》，在众人面前读了一遍，同时还读了大团长沃尔特·冯·普利登堡致沃尔玛尔议会的信函，即那天晚上我在我的房间向芭芭拉小姐所读的同一封信函。

读完了这封信，他转向在场的所有蒂森胡森家族的人和他们的族亲说：

"我现在问这个大厅里所有冠有蒂森胡森之姓以及通过血亲关系与这个姓相结合的人，我们根据法律该如何处置这个触犯了《派尔努协议》、违反了上帝和人类法律的芭芭拉小姐呢?"

兰努城堡的主人尤尔根接过话就此答复说:

"我以我两个兄弟和我自己的名义要求,将我的妹妹芭芭拉·冯·蒂森胡森,莱茵霍尔德之女,交给我们由我们按照自己的意愿以正确与适当的方式来进行惩罚,因为在这件事上蒙羞的是我们。"

孔古塔庄园的主人问道:

"在场的各位对这个提议满意吗?"

所有其他的蒂森胡森的族人,包括芭芭拉小姐的姐夫约翰·冯·布克斯胡登和哥特哈德·冯·奈伦,以及她的其他两位亲哥哥巴瑟劳塞乌斯和莱茵霍尔德都站起身来表明态度;只有约翰·冯·特德温,芭芭拉小姐的姑父,仍坐在原处。

大厅里一片寂静,过了很长时间没有人说话。

孔古塔庄园的主人说:

"那就这样决定了,我现在把芭芭拉·冯·蒂森胡森,莱茵霍尔德的女儿,交到她的兄长们手中,她将会受到应得的惩罚。"

兰努城堡的主人尤尔根说:

"就这样办吧!"

在此之后,所有人都各自散去,回到自己的庄园或城堡,有的路途近些,有的远些。我也乘坐着自己的雪橇回到我在兰努城堡的神父寓所。

一路上,芭芭拉小姐的脸颊一直都在我的眼前映现,有时是在雪地里,有时是在云彩中。

我独自思量着:

"天啊,芭芭拉,假若你生来就病恹恹的或者身上长满疮痂，人们见到你都厌恶地把脸转过去，那么就不会有今天这一天和这一时刻！所有这一切的祸根就是因为你长得太好看了，红颜薄命，还有你那颗对尘世间的爱太过敏感的心！"

不过我的本性就是那样一种人，即一辈子都在思索和考量，却从来都不采取行动的人。

有三天时间，我茶饭不碰，我的心悲痛欲绝。

接下来是礼拜六，天色在中午之后就开始昏暗下来。兰努的主人尤尔根乘着一部有篷雪橇一直驶到我的台阶前，简短地说道：

"你现在要跟我过去一趟，因为我们要送芭芭拉最后乘一次雪橇，就在今天。"

当他这样说的时候，他的样子显得十分凶狠。外面已经开始上冻，我穿上狼皮大衣，并将熊皮褥子盖到我的腿上。

一路上，尤尔根先生一句话也不说，我在雪橇里就好像是死去了一般。

当我们驶近兰努城堡时，我发现在大门外面还有其他两部雪橇在等待，我们又立即沿着林中道路继续前行。

我们一共有三部雪橇，其中两部是带篷的，在第一部雪橇里坐着芭芭拉小姐和她的两个贵族哥哥莱茵霍尔德和巴瑟劳塞乌斯，第二部雪橇里是尤尔根先生和我。第三部是专门用来运送肥料的无篷雪橇，通常都是给下人用的，上面坐着两个非德意志人。我们的雪橇没有专门的驾驭者，而是由尤尔根先生自己驾驭着。

道路穿过云杉林，因为天色已经很晚，大约有六点钟光景，林中的光线很暗，月亮正值每个月的上弦月。

我们就这样走了一段路,每个人都一言不发,都在想着自己的心事,我透过树林的间隙看到远处的一片开阔地带,我知道那是沃尔茨湖,因为我对这一带地区很熟悉,我曾经往返走过许多次。

我感到了一种不祥的征兆①。

在道路拐向冰冻的湖面之前,我提高了嗓门向尤尔根先生问道:

"你打算怎么办,尤尔根·冯·蒂森胡森先生?你是要把你的妹妹芭芭拉淹死吗?"

他回答说:

"这话可是你说的,但我们必须要这样做。"

我又说:

"听我说,尤尔根·冯·蒂森胡森先生,以你在天国安息的父母的名义!不要伤害你的妹妹芭芭拉,她与你一样都是由同一位父亲在同一位母亲的子宫里所孕育出来的。"

尤尔根·冯·蒂森胡森,兰努城堡的主人回答说:

"她不再是我的妹妹了,她已经被我们的部族清除出去了。她与一个等级不配的男人有染,她的血液已经被污染了。"

我衰老的身体像是患上了疟疾一样,虽然身上穿着狼皮大衣,但我的肩膀和四肢还是抖个不停,我的牙齿在打战。

我鼓起勇气这样说道:

"让上帝来裁决吧,但是你作为同你妹妹一样的凡人,要宽恕她!"

尤尔根骑士说:

---

① 原文此处为拉丁文 malum omen。

"我们没有追究到你,因为你还要祈祷,其实是你造成了我妹妹的死。"

我什么也不再说了,我的话都堵在了我的喉咙里。

冰面上只有少量的雪,马儿在光滑的冰面上四蹄打滑。

我们就这样在冰面上走了大约两公里半的样子,在昏暗中已经分辨不出森林了,这时我看见第一部雪橇停了下来,芭芭拉和她的哥哥们走到了冰上。

尤尔根骑士对那两个非德意志人说:

"拿上你们的撬杠和斧头,在这个冰面上凿出一个冰窟窿来。"

两个非德意志人从雪橇中取出他们随身带来的斧头和撬杠,开始在冰上凿窟窿。

尤尔根骑士对我说:

"现在你过去完成你的任务,我妹妹芭芭拉在时辰到来之前必须要死。"

我走到芭芭拉跟前,她站在冰上稍远一点的地方,她的双手被绳子捆着。

我对她说:

"芭芭拉,你就要死了,你知道吗?"

她仿佛像是从梦中醒来一样回答说:

"我知道。"

我说:

"你的灵魂可安好,芭芭拉?你对你的罪过感到悔恨吗?"

她回答说:

"我不知道您指的是什么罪过,我的神父。"

这时我悲哀地说：

"芭芭拉，芭芭拉，你对我来说就像是亲生的女儿那样亲——你为什么要在这样一个严峻的时刻如此冷若冰霜地回答我呢？"

芭芭拉小姐说：

"我的神父，假若我伤了您的心，请原谅我吧。不过假如您要将这称为罪过，即我在爱情中将我的灵魂与身体都给了弗兰茨·波恩纽斯，那么请您知晓，我对此并没有任何悔恨，而是满怀喜悦地走向死亡，因为我已经看到了那极乐世界。"

我问道：

"这就是所有你要对我说的话吗？"

她想了一会儿，然后对我说：

"我就要告别此生了，我的心中充满了对我哥哥们的仇恨。您能不能为我祈祷，以便让我能够宽恕他们？"

我说：

"除了为你的灵魂祈祷，芭芭拉，我又能做别的什么呢！"

她说：

"那就这样做吧。"

这时我从她的身边走开，我看到冰窟窿已经凿好，因为冰层还不是很厚。

尽管我活了一大把年纪，经历过艰难困苦的岁月，后来又亲眼见过许多战乱、抢劫和杀戮以及各种各样的暴力，也见证过许多凡世间的死亡并经历了莫斯科人的囚禁——但是像这样的事情我却从来没有见证和经历过，在此之前和之后都没有。

我跪倒在冰面上,大声地呼叫着我的主来帮助我,为了芭芭拉小姐和我们所有的人,为了我们的罪孽。

当我还在祈祷的时候,他们押着芭芭拉小姐把她带到了冰窟窿边。

我听到贞洁的少女在说——可是我又怎能评价她的贞操!——少女用微弱的声音在说:

"我的哥哥——水好冷啊!"

唯有这一次,她在肉体上不再像在精神上那样坚强。

这时两个非德意志人说:

"这样的事情我们下不了手,因为她对我们的妻子和女儿都很好。"

兰努城堡的主人尤尔根·冯·蒂森胡森把非德意志人推到一旁,亲手抓住自己的妹妹芭芭拉,在其他两位兄弟莱茵霍尔德和巴瑟劳塞乌斯的帮助下,把自己的亲妹妹沉到了冰窟窿里。

这是一件真实的事情,在1553年12月初发生在利沃尼亚兰努教区沃尔茨湖的冰面上。这就是那些我看到的可怕的事[①]。

我的笔啊,你把迄今为止所有这些都如实写了下来,你是否还要再提到点什么,以便让后来的人们看到上帝的正义与公平,从而对他俯首膜拜?

在那之后,苦难的日子笼罩在整个利沃尼亚的大地上,应验了《圣经·里摩西五经利未记》中第26章所述:"假如

---

① 原文此处为拉丁文 Quaeque ipse miserrima vidi,出自古罗马著名诗人维吉尔长篇史诗《埃涅阿斯纪》。

你们还是与我作对,不肯听从我,我便要按照你们的罪恶加重七倍惩罚你们。"

上帝曾给予哥革和玛各以及默舍客①的最高王公一段时间掌权,接着莫斯科人带着鞑靼人和狗腿子来到我们国家,他们烧杀抢掠无恶不作,并将塔尔图城里的大部分商人和手工业主都作为人质劫掠到俄罗斯去了。

伦古城堡的女主人安娜·冯·特德温在哈普萨卢城里穷困潦倒地死去时,竟连一块能遮盖在她尸体上的像样的布都没有,俄罗斯人还连讥讽带羞辱地夺走了她棺材上的盖幔。

那个名叫弗兰茨·波恩纽斯的商人、伦古城堡的书记员决心要报此深仇。他庄严地起誓要为了他挚爱的芭芭拉小姐,向每一个拥有蒂森胡森名字的人报仇,并公开将芭芭拉称作自己名正言顺的妻子。

从他所有表现来看,他绝不是一个碌碌无为的人,而是一个胸怀大志、内心强大、能干出一番轰轰烈烈大事的人。

似乎他的所作所为也得到了上帝的认可,因为上帝默许他的志向成真,让他像皮鞭一样席卷大地。

他先是在库尔兰后来又在立陶宛在自己周围聚集了大批同他一样遭受迫害的人和流浪汉,他带领他们从维尔纽斯一直打到了普鲁士,他们在交通要道设伏,到处征战打游击。无论是在哪里,只要碰到有叫蒂森胡森的或者是其他属于这个家族的人,他都会毫不怜悯地严惩不贷。

---

① 哥革(Gog),玛各(Magog)和默舍客(Mesech),均为《圣经》中地名,见《圣经旧约全书·以西结书》。

后来这个叫弗兰茨·波恩纽斯的人带着队伍加入了波兰人的阵营，从一个拦路劫道者一跃而成为一名军事指挥官。波兰国王还亲自为他颁发了一纸通行令，命令所有的掌权者、行政官、大团长和各个城市的市政官员都要为弗兰茨·波恩纽斯提供保护与帮助，以便他能够行使他的世俗权力，为他已故的爱人、被自己的亲哥哥残忍淹死的尊贵的芭芭拉·冯·蒂森胡森小姐报仇。

他心中的爱是如此强烈，驱使他做出如此伟大的事，尽管这些事实际上还是报仇。

他一直到死都在征战，最后战死在疆场上。

兰努城堡的主人尤尔根·冯·蒂森胡森在乌巴嘎尔附近死在了来自芬兰的康卡斯庄园的主人卡尔·亨利克之子的手上，他没有留下任何子嗣。他的两个兄弟莱茵霍尔德和巴瑟劳塞乌斯死的时候也没有后代，于是他们家族的这一分支就这样消亡了。

我所记录的所有人现在都已作古，他们都在上帝面前为自己的所作所为承担了应该承担的责任。上帝把他们的所作所为放在虔诚忠信的天平上衡量，由上帝根据他们每个人的功过做出审判。

这样的结果对于我们就足够了，我们不要试图去寻找是否还有什么隐瞒或遗漏，他们是否偿还了他们的孽债，他们是否痛哭过，他们的牙齿是否在颤抖，或者是上帝出于怜悯饶恕了他们，让他们也进入上帝选民的行列。我们中间的任何人也不要去审判他们，不要超越自己之所能，我们每一个人都要记住我们肉体的软弱。

我，马塞乌斯·叶勒米亚斯·弗里斯奈，在这里写道：我还从来没有在尘世间见到过有比这两个人之间的爱情更为神奇的事情。

主啊，让他们的灵魂安息吧，宽恕他们的罪孽吧，尽管这些罪孽殷红如血①，但是，请让你脸上的光芒也照亮这片苦难深重、饱受欺压的利沃尼亚大地，因为你就是爱。

阿门！

---

① 见《圣经旧约全书·以赛亚书》中第一章。

圣河的复仇

倪晓京 译

一

> 如同古代尼罗河的人们
> 拜倒在黑色鳄鱼面前,
> 人们尊崇神圣的大蒜花[1],
> 阿努比斯死神[2]送上狗作祭品,
> 爱沙尼亚的百姓仍然徘徊在深重的迷信之中!
> ——约基姆斯·雷切柳斯·迪特马索斯[3]

我们要讲的故事发生在1640年,一位出生在德国阿恩斯塔德的名叫亚当·多佛尔的水磨坊建造师,收到了发自汉斯·欧赫姆先生的一封紧急邀请函,请他尽快赶到利沃尼亚,在沃汉都河上为索麦尔巴鲁庄园建造一个水磨坊。由此开启了一段前所未闻的奇事,在长达两个年头的时间里一直让人们为其感到抓狂和激动不已,但最终却导致了可怕的人财两空、严厉的惩罚和不绝于耳的惨叫。

---

[1] 古巴比伦人6000年前开始种植并崇拜大蒜,将其作为贡品,这一习俗后传至古埃及。

[2] 阿努比斯(Anubis),是古埃及神话中的死神,在法老的葬墓壁画中以狼头人身的形象出现。

[3] 约基姆斯·雷切柳斯·迪特马索斯(Joachimus Rachelius Dithmarsus),塔尔图古斯塔夫学院教授,诗人。

这是因为，众人皆知此事风险极大，而这位新近继承了索麦尔巴鲁庄园的汉斯·欧赫姆先生，却充耳不闻也全然不顾来自四面八方对他的忠告，在当地人眼中清楚地证明了自己是一个行为反常、举止怪异的人。

汉斯·欧赫姆先生自打从一个大商会的商人升格为一家庄园的主人后，便把目光转向了横穿索麦尔巴鲁庄园的地界并从庄园下面流过的沃汉都河。他感到与其像是在无端浪费黄油一样，让这条顺畅流淌、水量充足的河流白白地从眼皮底下流走，倒不如利用河水来磨面，还可以锯木板，而这些木板可以用他自己的船从塔林一直运到吕贝克和不来梅。

这条沃汉都河被拉脱维亚人称作斯瓦蒂河，而当地百姓则把它叫作圣河[1]。它早在当地人还没有皈依基督教之前就被视作一条圣河，它的源头也同样被视作圣地，在源泉周围生长着作为祭祀林的落叶林。源头位于伊尔姆叶尔维村一个叫奥德拜的地方，从莱杜斯基的米盖尔庄园过去只有一发步枪子弹射程的距离。

自古以来，人们就知道沃汉都河的水拥有创造奇迹的能力，因此许多黎民百姓从遥远的地方慕名而来。他们喝河里的水，在神奇的水流中沐浴，就像犹太人在毕士大的池子[2]里一样。同样，这里的圣水还被装入锡制的密封瓶子送到更远的地方，如库尔兰和波兰，有一次还运送到斯德哥尔摩给一位患了乳腺恶性肿瘤的王室贵夫人。于是这条圣河的水不仅代上帝行医，也治好了像疥疮、中邪、麻风

---

[1] 原文此处为爱沙尼亚语 Püha Jogi。
[2] 毕士大的池子（Bethesda），《圣经新约全书·约翰福音》第五章中提到的位于耶路撒冷供人治病的水池。

病、丹毒和中风等尘世间水中和地上的各种疾病。

但是能够治病并不是沃汉都河的水最令人称奇之处，其最神奇的地方是其自成为圣河以来所拥有的那种对自由不屈不挠的激情，那是一种发自内心的狂热，犹如一匹野马那样无法容忍被套上笼头任由外人摆弄。它从来都是自由自在地流淌着，任何来自人类的束缚对它来说都是一场噩梦，迄今为止还没有一座磨坊水坝成功地在其水道上建造，它们都没有逃脱很快就被河水彻底摧毁的命运。

犹如少女守护自己的贞洁一般，圣河对自身的纯洁非常在意。它会过滤掉所有会玷污自己的东西，无论是落入水流的小树枝，还是秋天漂在水面的黄叶。

由于它对自由的酷爱和对纯洁的追求是如此强烈，当它感觉到自己的水流被污染、自身的自由受到威胁时，它的狂怒就会爆发，并充满了复仇的欲望，那时任何水坝都无法遏止它的愤怒，它的力量将大大超越大气与风，对大地报之以霜冻、大雾和肆虐的雷暴天气，并复加上连年的歉收与饥荒，作为它对所受到的羞辱的报复。

河畔的民众对此铭记在心，每年都会防患于未然对河道及源头进行一次清理，以免任何暗藏的污垢使河水变得浑浊，或者当任何人有意或无意中让圣河受到玷污的时候。

有一次在圣灵降临节①前夕，有一个来自凯欧村名叫麦利柴的男子在奥德拜将自家的三对公牛掉到河里淹死了，紧接着在礼拜五就下了一场大雪，天地冻成一片。由于人们在礼拜六便将淹死的公牛尸体都从河里捞了上来，到了礼拜天吃午饭的时候，恶劣的天气就奇迹般变好了，雪也

---

① 圣灵降临节，基督教重要节日，在每年复活节后的第50日，犹太教又称五旬节。

开始从地上迅速融化。

位于圣河源头的莱杜斯基的米盖尔庄园里的丈母娘,有一次在赶着牛群去后面的地里时,在圣河源头的一棵白蜡树上折了一根树枝,一边试图用它来测量水源的深度,一边说:"源头水啊,你究竟是恶魔的藏身之地还是造物主的眼睛呢?"

于是她在此之后没过多久就生了一场大病,整个身体就好像是在桑拿里熏蒸的酿啤酒麦芽,肿胀得失去了知觉。她抱怨说她的五脏六腑就好像是被羊毛梳子刮来刮去似的。无奈之下,莱杜斯基的米盖尔只能在春耕最忙的时候赶紧去清理水源地,以使其得到安抚。

假如是一个对此一无所知的外地人,他会在第一次见到沃汉都河时就喜欢上它,称赞它是一条欢快的河流,既赏心悦目,又造福于两岸。它不会像有些河流那样涨过堤岸造成水患,而是使庄园和村里的草地都保持恰到好处的水分,从而在上帝的佑护下生长出郁郁葱葱、能卖出好价格的青草,同时也使河里满是品种上乘、味道鲜美的活鱼和虾蟹。它的水量充沛、水流通畅、水面清澈,尽管河道上偶尔也会出现深潭,但水流只有在最寒冷的冬天才会上冻。

这条被百姓称作圣河的沃汉都河拥有一个活的灵魂,那是由上帝亲自赋予的,正如他将生命的气息吹进人的鼻孔赋予了人类的那样。

这条河的灵魂宽容耐心,但在被激怒时则会咄咄逼人,让人感受到其血液中因受到挑衅而产生的愤怒;它对自由的追求十分强烈,它在面对仇敌时会咬牙切齿地战斗到最后一刻;而它对纯洁的要求则近乎苛刻。

这就是沃汉都河,这就是继承了索麦尔巴鲁庄园的汉斯·欧赫姆先生为了磨面和锯木想要驯服的那条河。

然而,他的第一次尝试却出师不利。汉斯·欧赫姆不顾别人的劝告执意要在奥苏拉村下面开工建造一座水磨坊,但是这项工程从一开始就运气不佳,意外频发,就好像证实了当地百姓所声称的圣河会报复其玷污者的说法似的。还没有等到第一批木桩都打进河床,河里就涨起了洪水,强大的水流将刚刚放进水中的堤坝基础一下子冲垮,不得不马上重新再沉入一个基础框架。许多工人的皮肤在水里沾上了奇怪的泥浆,无论是在桑拿里还是用其他方法治疗都清除不掉。他们中间有一个人被冲进了河里,第二个和第三个人则被压在了一堆石头下面,丢掉了性命。最糟糕的是,就连磨坊建造大师本人也发生了意外,他被一根硕大的木桩击中了脖子,脊椎被砸断了。

不过汉斯·欧赫姆先生并没有被这一系列明显的挫折吓倒,而是如前所述又从德国的阿恩斯塔德市邀请了亚当·多佛尔来担任新的水磨坊建造师。

这里所记载的就是,这位亚当·多佛尔大师是如何见识又如何以高昂的代价经历了圣河无情的复仇。

二

亚当·多佛尔出生在一个磨坊师傅世家，是来自德国阿恩斯塔德市的磨坊建造大师。他来到利沃尼亚时正值他作为一个男人的鼎盛时期。他刚刚年过35岁，手艺精湛娴熟，出自他手建造的堤坝、船闸和磨坊建筑早已将他的名声远传异国他乡。他建造的磨坊没有一个与其他的磨坊完全雷同，因为他干起活来并不是像手工匠人那样，多年来总是按照同一个模子铸造产品，而更像是一位创造者，每一次留下的痕迹都是全新的。亚当·多佛尔从来不会回头去看自己走过的路，每当他建好一个磨坊，他就会不甚满意地把它扔到脑后，在取得新建树的冲动下又迫不及待地以满腔热忱投入新的工作中。他雄心勃勃，在工程进行中总是有一股不屈不挠、坚忍不拔的精神，在工作上十分投入、精神上高度集中，把每一次工程都视作自己一生中最重要的大师级样板工程，力图打造所有磨坊中的顶级作品，那种会世世代代冠以亚当·多佛尔而不是其他什么人名字的磨坊。

在亚当·多佛尔充满激情的奋进过程中，他不会惧怕任何障碍。恰恰相反，他喜欢迎接挑战，因为正如堤坝会使水位提高一样，面对阻力他的力量也成倍增长。他生性嗜好拼搏，就像战士渴望战斗的喧嚣一般。对他来说，越是不甘束缚、放荡不羁的河流，他在将其驯服后就越会感受到更大的乐趣，这就好像在一场肉搏中，他要最大限度地展示自己的力量。而有朝一日当他将脚第一次踏上建好的堤坝上时，他就会有一种踩在屈辱的对手脖子上的感觉。

当亚当·多佛尔大师抵达目的地后，他发现自己所面对的是严重的思想混乱和强烈的抵触情绪。所有那些关于沃汉都河及其显灵的古老故事都不胫而走，当地的民众因为之前发生的种种挫折很不情愿甚至拒绝继续在磨坊工地上干活。

亚当·多佛尔大师听到这些传言后并没有感到不知所措，相反，他对要让他在这样一条算不上多大的河流面前退却感到怒不可遏。这在他看来犹如奇耻大辱，无异于让一个男子汉屈服于一个妇人的怜悯。他就像磨坊水车期待流水冲击那样盼望着对抗与冒险，他感觉只有这样才能燃起他对工作的热情。他发誓一定要将索麦尔巴鲁庄园的磨坊工程进行到底，即使是从沃汉都河底钻出来一个老妖怪也无所畏惧。

对于百姓中流传的关于沃汉都河的火暴脾气以及它藏而不露能掀起狂暴天气的法力的种种传说，亚当·多佛尔大师在众人面前将其讥讽为妇人们的胡思乱想，认为这只能蛊惑不信上帝的异教徒，但绝不会为基督教的信徒所信服。因为假如上帝给予了沃汉都河这样的神奇力量，那么在《圣经》中就一定会提及，而《圣经》中曾提到过许多知名的重要河流，可是又有哪些文字点到过沃汉都河？

为了能够集中向当地百姓指出他们的封建迷信与愚昧无知并彻底消除其影响，亚当·多佛尔大师有一天要求附近村庄的村民和索麦尔巴鲁庄园的佃户，无论男女老幼都聚集到沃汉都河的堤岸上来。

这一天的早晨天气晴朗宜人，河水在两岸的绿荫之间泛着银光，犹如在安详地休憩，它反射的光线如此耀眼，人们几乎看不出河水正在流淌。没有人会认为在波光粼粼的河水深处会隐藏着任何秘密，河水以及河底的淤泥在夏日的阳光下都一览无余。

住在乌勒瓦斯泰郡里的百姓蜂拥而至，他们中许多人接受了亚当·多佛尔大师的邀请前来，有的是由于害怕，有的则是出于好奇。河的两岸站满了人群，大家都想在现场见证一下亚当·多佛尔与沃汉都河即人与河流之间的冲突，尽管没有一个人事先知道将会发生什么。

亚当·多佛尔大师命人将一具死狗的尸骸送到现场。

由于他初来乍到，还不会讲当地的语言，于是他通过翻译向大家说明了自己的想法。

亚当·多佛尔命令将那条死狗挂到一个长杆的顶部，看起来就像一个旗幡一样，以便让大家都能看到。

接着亚当·多佛尔大师通过翻译对大家说：

"你们说，这条被谬称为圣河的沃汉都河，连一缕杨絮都不能容忍落入它的水面，那么你们现在看好了，如同这条马上要被扔进河里的死狗一样，这条河既没有感觉，更没有什么意识。"

紧接着，亚当·多佛尔命人将那条死狗甩到河的中央，并当众嘲讽道：

"这是来自阿恩斯塔德的水磨坊大师亚当·多佛尔送给你的祭品。"

只见那具狗的尸体在掉下来的时候先是旋转了一两圈，又在空中翻了一个筋斗，然后啪的一声落到了水中，一下子就沉入水底不见了。

　　许多在旁观望的人都惊恐万分，等待着苍天发力给予侮辱者以沉重的一击，其他人则十分肯定地期待着圣河在那一瞬间漫出河堤，在盛怒之中将亵渎它的人像松针一样一扫而光。另外的一些人还不敢释放自己的愤懑，而只是一边观望一边咬着牙说着一些与圣河无关的奚落的话，妇人们则大声哭成一片。

　　不过这一次是亚当·多佛尔大师赢了，因为任何异常的情况都没有发生，天空没有撕裂，河水没有吞没大地，太阳也没有变暗，圣河看起来似乎是毫无知觉地忍受了来自对手的羞辱。死狗的尸体重新浮回水面，顺着水流向前漂浮了一段距离，转过几道弯后撞上了一棵连根带枝都浸泡在水中的五蕊柳树，卡在了那里。

　　在后来的许多个月夜里还可以看到那具狗尸在那里若隐若现，被树根缠绕着在水里漂浮，就好像被弯曲的手指抓住一样，直到最后被放开，随着水流漂走。

　　在圣河的怀抱里到底隐藏着什么，没有一个世俗的人知道，也没有一个从深处浮上来的水泡会说出来。

三

亚当·多佛尔大师现在开始动工建造磨坊了,他也正是为此才来到利沃尼亚的。如同在战争中一样,人们要把对手的实力先研究透彻,亚当·多佛尔现在着手要做的第一件事就是对沃汉都河从头到尾都调查清楚。

他从沃汉都河的神圣发源地奥德拜开始沿着河水流向缓缓前行。河水涌出源头后先是钻入地下流进一条看不见的暗渠,就好像要从那里汲取隐秘的力量似的,接着又悄悄地穿过一片很大的沼泽地,很少有人相信这条河竟是源自那里。当它重见天日时,它便开始奔腾不息地流经卡奈比、乌勒瓦斯泰、波尔瓦、若格、瓦斯寨林纳和莱比奈等六个郡的地界,全程达一百几十公里[①]。沿途它饥渴难耐地将沼泽、湖泊、溪流及河流的水都并入自己的水流,并不时地扩大水面征服新的草地,当它流到索麦尔巴鲁庄园的位置时河面已经有40余尺[②]宽了。在这之后,它的河岸变得越来越高,两边都覆盖着坚硬的红沙,上面布满了洞穴,就好像是人们躲避迫害的藏身洞一样。到了下游,河的两岸渐渐变得像沼泽地一般,河水也越来越混浊了,直到它

---

① 原文此处为十几奔尼古码,芬兰文 peninkuorma,为北欧中世纪长度单位,1奔尼古码相当于10公里。

② 原文此处为英尺,40英尺相当于12米。

最终投入贝波西湖的怀抱。

当亚当·多佛尔大师彻底考察过沃汉都河流经的所有地方后，他放弃了原先位于奥苏拉村下面的磨坊地址，选择了再稍往下游一点的另一个更合适的地方。

索麦尔巴鲁庄园的主人汉斯·欧赫姆以及其他所有与他同行的人，都亲眼见证了亚当·多佛尔确实是一个名副其实、不屈不挠的铁腕人物。他一到当地便马上投入工作，就好像这项工程事关他的生命和名誉、其成功与否关系到他的灵魂能否得到安息似的，在这样的情况下他更不能退却了。亚当·多佛尔充满了工作的激情与狂热，仿佛在他内心深处有一个声音一再悄悄对他说，你一定要抓住这次机会，因为现在在他的手里将会产生一项伟大的工程，一项所有磨坊工程中的杰作，他亚当·多佛尔正是为此才降生在这个世界的。

不过同他的前任一样，无论亚当·多佛尔用多高的报酬来吸引当地的百姓，汉斯·欧赫姆先生也承诺在磨坊工地工作满半年就相当于工作一年，亚当·多佛尔仍未能征募到多少人为他工作。尽管汉斯·欧赫姆先生威胁要用鞭笞和耻辱柱惩罚那些拒不服从的人，教区牧师也在布道时督促乡民去工作，但是他们的叱责并没有起到多大作用。许多年轻人一开始也过来工作一段时间，但是到了第三天他们就像是钻进河底淤泥的棘鲈鱼那样踪迹全无。

在亚当·多佛尔看来，当地的百姓就像这条圣河那样冥顽不化，尽管他已经学会了他们的语言，但他仍然弄不明白他们到底是怎么想的。为了保证磨坊工期不受影响，工程按时开张，他不得不从边境的另一边雇用俄罗斯人、从大岛上招募瑞典人，还从德国物色了不少工匠。

然而，他遇到的阻力越大，他誓要战胜沃汉都河、在索麦尔巴鲁庄园建造磨坊的激情就越高涨，因为他的本性就是如此。他很快就沿着河边滩涂地建起了一座大坝，同时向河底沉入了能够承受任何洪水冲击的牢固坝基。

每天早上，当亚当·多佛尔骑着马经过水坝时，他就会幸灾乐祸地想，他的水坝将会拦住沃汉都河不甘被束缚的河水，让它乖乖地按照他的意志为磨坊效力，提供磨面和锯木的动力。这样的想法充斥着他的脑海，仿佛他面对的是一个长相姣好但性格古怪难以征服的女人一般；这个想法几乎占据了他所有的业余时间，让他一反常态地忘记了自己的风流韵事，没有像以往那样在新工地开工第一周就给自己找一位精神上的激励女神。

尽管亚当·多佛尔并不是一个对漂亮异性的温柔妩媚无动于衷的人，但当他来到利沃尼亚时还是一个单身汉。在他看来，女人只是自己床笫之欢和片刻欢娱的分享者，是上帝专门为了让男人心情愉悦而创造的，不需要时便可搁置一旁。工作在呼唤，号角在吹响，他从来不会为了谈情说爱和听游吟诗人唱歌这样毫无意义的事情而忽视了自己的工作。

在修建索麦尔巴鲁庄园磨坊的这段时间里，尽管民间有过各种各样的猜测，但天气一直都十分晴朗，宝贵的庄稼在成片的农田里茁壮生长，人们甚至可以用耳朵听到它们生长的声音，所有的迹象都预示着今年将会有一个好收成。圣河在静静地流淌，它对人们的各种伎俩表现得不动声色。

四

在仲夏节时分一个清闲的日子里,由于磨坊工地上的活都暂时停了下来,亚当·多佛尔大师得空前往奥德拜去看望在伊尔姆叶尔维庄园担任领班的亨利克·古特金德。亨利克是与他一起长大的发小,已经在利沃尼亚生活了有十几年时间了。

当亚当·多佛尔与亨利克·古特金德坐下来一起喝着家酿啤酒时,亨利克·古特金德说道:

"亚当·多佛尔,你真是一条硬汉,你连撒旦都不怕,即使他背上插着风车叶片、尾巴上带着启明星出现。但是你做的最糟糕的事莫过于要在索麦尔巴鲁庄园建造一座磨坊。"

听了他的话,亚当·多佛尔马上就被惹恼了,他紧绷着嘴巴问道:

"亨利克·古特金德,怎么你也这样说,难道你也相信了他们所说的关于磨坊的传说?你怎么也会相信那些娘儿们和半异教徒所说的这条河是圣河的话?"

亨利克·古特金德表情镇定但若有所思地说:

"我是否相信或者你是否相信其实都不重要,关键是那些平民百姓对此却坚信不疑,就好像这是上帝的宣示一样。"

亚当·多佛尔说：

"只要索麦尔巴鲁的磨坊建好了，并在别的风磨坊磨出一斗面的工夫给那些蠢蛋磨出两斗面，他们甚至会自由自愿地再换个新的宗教。我在所有人的见证下让人向河里扔了条死狗，可是你看，那条河就像是接受祭物一样吞噬了它，什么事情都没有发生！"

对此，亨利克·古特金德一边摇着头一边说：

"你怎么能毫无理由并如此粗鲁地羞辱这条河呢？你这样做能得到什么好处呢？"

亚当·多佛尔说：

"这儿的人都让迷信遮住了双眼，我是想拨开迷雾，让他们重见光明！"

亨利克·古特金德接着说：

"亚当·多佛尔，你对这儿的百姓和他们内心的秘密都知道多少？实际上，自世界诞生以来上帝并不是第一次通过水来宣示他的意愿。不要忘记尼罗河曾被变成血河，埃及的水曾将蟾蜍和青蛙活活煮死！玛拉的苦水通过树木变得甘甜，①还有因为先知以利亚而变得干涸的约旦河，更不必提神圣的施洗河了，它兼水与施洗礼于一体！为什么上帝就不会将这条沃汉都河也像在圣掌中的一个小棋子那样用于自己的圣意呢？"

亚当·多佛尔愤怒地喊道：

"伙计，你大概是在那些无边无际的沼泽地里和在昏暗冬日笼罩下的地方待得太久了，那里弥漫的迷信的浓雾让人们清醒的头脑和纯净的基督教学说变得浑浊。你如

---

① 见《圣经旧约全书·出埃及记》中，摩西率以色列人逃出埃及后在荒漠上的玛拉找到苦水，扔进树木使水变得甘甜的故事。

此谵语妄言,就好像是在与妖道和异教徒为伍一般!你直截了当地告诉我吧:你到底信不信所谓沃汉都河是圣河的说法?"

亨利克·古特金德回答道:

"我不用说别的,就说这世间还有多少东西被严严实实地藏匿在人们所不知道的地方,人的灵魂就像是金龟一样在黑暗中撞来撞去,直到撞上南墙。据说在德国也有一条河流容不得被人亵渎,它会马上报之以上下翻腾与轰鸣不已。也有人知道,本丢·彼拉多①就是在这条河里淹死的。"

亚当·多佛尔毫不让步地反驳说:

"亨利克·古特金德,你现在直接绕过了我的问题!为什么人类被赐予了理性的灵魂,不正是因为他能够预见到那些秘密吗?正如与我同名的亚当在天堂上也很快猜到了夏娃是用他的肋骨做的一样。不过即使是沃汉都河要夺走我的肉体与灵魂,我还是要修建这座索麦尔巴鲁磨坊,因为我已经将自己灵魂的安宁寄托在这上面了!"

现在轮到亨利克·古特金德激动起来了,他说:

"嘘,嘘,亚当·多佛尔——请注意你的用词,以免一语成谶,戏言成真,因为当地的百姓都在唠叨说圣河的耳朵很灵,它会抓住你所说的话,就像是你的誓言一般。"

亚当·多佛尔说:

"亨利克·古特金德,这正是我期待你说出来的。我现在最后再问一遍——你是不是像那些当地人那样相信,这条沃汉都河真的有灵性?"

---

① 本丢·彼拉多(Pontius Pilatus),26—36年担任罗马帝国犹太行省总督,根据《圣经新约全书》记载,他曾审问耶稣,后在犹太祭司的压力下,判处耶稣钉死在十字架上。

亨利克·古特金德压低了嗓音回答说：

"这我可不敢说，亚当·多佛尔，我来自阿恩斯塔德的发小。说真的，如果我回答你说'不'，那这肯定是谎言，但是假如我回答说'我相信'，那也只是说了一半真话。"

亨利克·古特金德继续说道：

"我现在待在这个房间里感到进退两难，我为你感到担心，亚当·多佛尔，因为危险正在悄悄地向你逼近。有一年春天发水的时候，我曾经骑着马涉水横穿沃汉都河，水在过河的位置已经淹过了马的肚子。我可以向你起誓，在那一刻我忽然有一种河水会突然把我吸进去的感觉，就好像它有着某种隐藏的魔力，我渐渐感到力量不支，急切地想投身到它的麾下，就像投入爱人的怀抱那样，即便与它拥抱的代价是付出我的永恒。那时我的马也开始拼命逃脱，不让奔腾的河水把它裹挟走，假如不是我奋力将马头拽回朝向河岸的方向，我也许就凄惨地淹死在那里了。这你又怎么说？到了岸上之后，我的激情就像是打摆子发烧之后一下子踪迹全无，第二天是狂风暴雨天气，闪电有两次击中了我的草仓，干草烧得只剩下了灰烬。"

亚当·多佛尔说：

"这可真的不折不扣的是撒旦的障眼法，它就像朝人们的眼睛里撒了沙子一样让人什么都看不见。"

亨利克·古特金德说：

"你不了解这儿的民众，亚当·多佛尔，因为他们的信息都是来自那些藏匿得最深的水泽，视其为印到书本上的箴言。他们中的许多人能听得懂鸟的叫声和树林的低语，为什么就听不懂河水的话呢？我可是提醒过你啊，因为你当众亵渎了这条河并诅咒过河水的复仇，而沃汉都河恨谁它就会将这个人淹死。"

由于时间已近黄昏，亚当·多佛尔站起身来要告辞，他在向他的朋友亨利克·古特金德告别时说：

"占星师制作皇历，但上帝决定天气。我不会害怕沃汉都河，即使它有一百个灵魂；我也不害怕魔鬼，因为我很清楚地知道，假如它能够用一颗水珠把人类淹死的话，它是绝对不会浪费一桶水的，更不用说是整整一条河流了。"

说完了这些话后，这位来自阿恩斯塔德的亚当·多佛尔大师就趁着夏日的夜色，骑着马朝着他位于乌勒瓦斯泰的索麦尔巴鲁庄园的家中走去，那里距离伊尔姆叶尔维有四分之一奔尼古码即两公里半的路程。

五

这一天的夜晚很明亮，因为太阳的光芒在日落之后仍然映照在大地上久久不肯离去，草地上飘来野花的阵阵香气。

亚当·多佛尔大师在路上骑着马，没有心思注意夜晚的迷人之处，因为亨利克·古特金德的话让他的心头阵阵发紧，一股心慌意乱的奇怪感觉扰乱了他清醒的头脑。他越来越明显地感到自己像是一个来到了陌生国度的外国人。在这里，撒旦利用天真鸟儿婉转的叫声和无辜河水潺潺的流水声以售其奸，他不知道危险会在哪里以及在什么时候等着他；在这里，有生命的要同无生命的进行搏斗，人类即上帝的子民要与一条河斗争。难道亨利克·古特金德，一个本分的基督徒，在这个巫术当道的国家待了十年便如此之深地陷入了邪教而不能自拔？

骑行了一会儿，亚当·多佛尔大师记起沃汉都河的发源地应该就在这一带，从莱杜斯基的米盖尔庄园过去只有一发步枪子弹射程的距离。

于是他的心里萌生了一个不可名状的愿望，即想要在这个夜晚去查看一下河水的发源地，这个想法如此强烈，就仿佛是他一定要去当面见识一下自己的对手似的。无论他怎样责备自己不能这样胡思乱想，但是他还是听从了发自内心命令他前往的声音。

天色已经开始慢慢昏暗了下去，夏日的夜晚短暂地降临在大地上，就像是一只巨大飞鸟翅膀的影子一般。亚当·多佛尔把马拴在路边的树上，开始步行穿过一片新生的赤杨幼林。他认识这条路，因为他以前在查看河水流向时曾经来过一次沃汉都河的源头。

亚当·多佛尔大师很快就来到了那一片以前在古代异教徒时期作为神圣祭祀林的树林，当时的人们曾将他们的第一批牲畜和粮食送到这里。

这些神树下的树荫十分幽暗，就好像那下面一直驻守着永恒的黑夜一般，因为这些树都已经年代久远，它们的树根都已经变成空洞，周围的地面上堆满了残枝落叶，这些树在原地慢慢地变成了朽木，没有人曾经用手修整过它们。

圣河的源泉本身更像是在晃晃悠悠的泥炭苔藓中的一个稍大一点的沼泽水眼，谁也猜想不到一条河竟会由此发源，而且它随即就潜入了地下。

亚当·多佛尔大师听到有人在用本地的语言说：

"亚当·多佛尔——不要亵渎圣河！"

当听到有人在叫自己的名字，亚当·多佛尔大师从水源地对面一棵大枫树的阴影下分辨出一位年轻小姐的身影，她正弯着腰站在水边，头发散披在头上就像是垂在水面上枝叶洒落的五蕊柳一样。小姐手里拿着一枚银制卡子，像是当地女人用来固定亚麻布衬衣前襟的那种，正在用一把小刀从卡子上向泉水里刮着银屑，看起来就像是从月亮圆盘上洒落的碎屑一般。

亚当·多佛尔对眼前这幅夜晚的景色并没有感到有多

么惊奇，他猜出来这位姑娘是来自伊尔姆叶尔维村里的人，因为她身上穿着当地女孩的衣服，亚当·多佛尔知道她们仍在悄悄地到沃汉都河的源头来念咒和献上祭品，全然不顾教会的严厉训斥。

在过去的这一年，他学会了带着口音讲当地的话，于是他就好像根本没有听到她刚才说什么似的，透过夜幕对正在刮银屑的姑娘说：

"姑娘，你夜里一个人在水源地边上做什么呢？"

亚当·多佛尔听到姑娘年轻清脆的声音从水源对面回答道：

"我在向新月祈祷，愿它月圆，而我则永葆青春。我是这样说的：月亮好，金子银子都归你，但是请赐予人子健康的体魄和钢铁般的意志。"

亚当·多佛尔大师站在圣泉自己这一边说：

"漂亮的小姐，你为什么要用沃汉都的泉水洗涤自己的容貌呢？"

小姐回答说：

"外乡人，你不知道这里是沃汉都河神圣的源泉吗？圣河就像是生自娘胎那样从这里起源。我用圣河的泉水清洗自己的脸庞，以使自己永远年轻，就像这条河的水那样湍流不息，永无止境。"

亚当·多佛尔仍然好奇地问：

"那你又为什么要从你的卡子上向泉水里刮银屑呢？"

小姐回答道：

"教会确实禁止祭祀，但我还是要敬献给泉水这九样东西：金末、银屑、铜块、铅条、豌豆、青豆、盐块、大麦和黑麦。"

亚当·多佛尔大师问道：

"刚才叫我名字并警告我的是你吗，姑娘？你是从哪里知道我是来自阿恩斯塔德的亚当·多佛尔大师的呢？"

姑娘的声音从水源的另一侧传过来，听起来近在咫尺又远在天边，她回答道：

"当你把那条死狗扔到河中央时，我就在现场的人群当中。亚当·多佛尔，你铸成大错了，那是严重的亵渎，你犯下了死罪。不过你还有时间，你赶紧安抚一下这条河，拆掉你的水坝、清理干净河底的污秽，不再亵渎这条圣河，回到你自己的国家去，因为这条河的复仇将极为恐怖，并最终带来死亡，它的水流会违反你的意愿把你裹走，就像裹走你扔进去的那条死狗一样！"

冷酷又狂妄自大的亚当·多佛尔现在感到一阵奇怪的颤动，仿佛泉水在他面前突然苏醒了过来，而树木也会讲话了一般，他无法相信自己的眼睛，便问道：

"姑娘，你是谁啊？你为什么要这样对我说话呢？你到底是莱杜斯基的米盖尔的女儿还是伊尔姆叶尔维村里的女佣呢？你快到泉水我这一侧来吧，或者我过到你那一边去！"

当亚当·多佛尔急匆匆地想绕过源泉赶到另一侧去时，那位小姐也在他的面前消失在那棵枫树的阴影里了，他不知道她是隐入了夏夜的迷雾还是祭祀林的黑暗中去了，抑或是变成了圣泉水面上冒出的银色泡沫，就像这条河的灵气一般。

六

亚当·多佛尔与圣河之间的较量现在进入了白热化阶段，半个利沃尼亚的人都在忐忑不安地看着到底谁会最后胜出。亚当·多佛尔大师仍然在继续建造着磨坊和拦截水流的大坝，他并未多去想亨利克·古特金德所说的话和夜里在泉水处看到的景象。但是他无法再像以前那样睡得那么安稳了，因为他会在深夜里突然发现月光映照在自己的脑门上，他的精神会不知什么原因而感到压抑和烦躁。但到了早晨天亮时，他又感到自己神清气爽、干劲十足，重新拥有坚定的意志与必胜的信念，为维护自己的名誉不惜决一死战。

每天早晨，亚当·多佛尔大师都会透过自己的窗户向沃汉都河致意，就像是在搏击之前再问候一下自己的对手一样。他的心中燃烧着战斗的火焰，充满着胜利的信心，他要在这一天与对手像在近身摔跤中那样，面对面靠得很近，彼此能听到对方心跳那样比个高低、决出胜负。

在此之前，他还从来没有在前进的道路上遇到过这样的对手，凯旋的旗帜也从来没有这样高高地飘扬过。

在这次磨坊的建造过程中没有发生过一次事故，所有的工程都进展顺利、如期完成，令业主感到十分满意，也难怪当地的百姓都在说是天上的流星在夜里干的活。沃汉都河也没有就自己的精神状态做出任何暗示，而是依然保持着良好的心情，任由外邦的工人将闸桩和桥箱沉到河里，听凭各种碎渣和木块将河水弄得浑浊不堪。

这一切看起来似乎是大自然、星辰和世间所有的元素以及可爱的天使都在辅佐亚当·多佛尔大师完成他的使命，让他能有一个圆满的结果。

索麦尔巴鲁磨坊最终于1641年竣工，它的规模比利沃尼亚所有其他的水磨坊都要大，它的所有附属建筑也都显得更为壮观，它还是全国第一家可以在磨面的同时筛面的磨坊，它的水车也是人们所见过的最大的。当地的民众无视部落族长的警告，争相从数十公里外把自家的谷物送过来磨面，因为他们每一个人都希望亲眼看到这个奇迹和被打败的沃汉都河。

尽管有许多部落的族长都预测说，从磨坊大门口扛进去的第一袋粮食会变成蠕动的虫子，但是这样的事情并没有发生，磨出的面粉也没有在磨面人的手上变成沙子，一切都如同应该的那样。

每一个来到过索麦尔巴鲁磨坊的人，都见证了沃汉都河的水是如何被拦在长长的磨坊坝闸后面，就像是被关进了一个巨大的水桶，它不再拥有自己的意志与自由，而只能遵照使用者的命令哗哗地灌进磨坊的水槽，然后像奴隶一般驱动着水车。

沃汉都河也就是圣河最终就是这样屈服了，人的意志战胜了河的意志。

为庆祝磨坊顺利竣工，索麦尔巴鲁庄园的主人汉斯·欧赫姆在自己的城堡里举行了一场盛大的筵席，他为他的工程并没有让他再次蒙羞受辱而感到欣慰。

他就像瑞典人出征获得大捷那样庆贺索麦尔巴鲁磨坊的落成，他命人在磨坊的院子里就像是为德国的大人物那样也为工人们摆下了长长的筵席，现场还请来了年轻人喜爱的小提琴演奏师和管乐吹奏者。

应汉斯·欧赫姆先生邀请来到索麦尔巴鲁城堡做客的有来自附近城堡和庄园的贵族老爷和骑士，也有来自邻近教区甚至是塔林的宾客。

工人们在磨坊的院子里吃着、喝着，十分解馋，而贵宾们则在城堡的大厅里庆贺征服了沃汉都河。

当庄园大厅和磨坊院子里庆典的气氛都进入高潮时，汉斯·欧赫姆先生在所有宾客的面前提议为亚当·多佛尔大师干一杯，因为是他制服了沃汉都的河水，让河水顺从了他的意愿，从而取得了前无古人的成就。

接下来汉斯·欧赫姆拿起一个贵重的银杯，用最好的夏布利葡萄酒将其斟满，并请其他尊贵的客人随他同行。

于是索麦尔巴鲁城堡的主人汉斯·欧赫姆先生带着他的百余位嘉宾来到流经城堡下面的沃汉都河岸边。老爷和骑士们在酒精的作用下都有点晕头转向。

汉斯·欧赫姆先生说：

"让我们为被征服的沃汉都河干杯！"

他在众人面前将银杯里的酒就像祭品一样倒入河中，用珍贵的夏布利葡萄酒为这条河干了一杯。

宾客中有人说：

"这是圣约翰施洗者的施洗礼。现在沃汉都河也摆脱了异教，皈依了基督教！"

大家对此举杯作为回应，没有人责备他的不敬。

汉斯·欧赫姆先生的客人们都回到城堡里继续饮酒作

乐去了，亚当·多佛尔大师离开其他人独自一人留在河堤上，谁都没有注意到他的离开。

现在，他终于等到了他在这些日子的工作和较量中一直期待着的那一刻，他要将自己的脚踏在这条被他征服的河流的后脖颈上，亲身体验自己血管中胜利的喜悦。

他继续向前走去，来到夜色中刚刚竣工的水坝，磨坊院子里大吃大喝的喧闹声一直传到了那里。

尽管亚当·多佛尔大师喝了不少的酒，但他还没有酩酊大醉，因为他身强体壮，酒量很好，夜晚的空气也让他清醒了许多。

他走到堤坝的中央，在那里停了下来，将他沉重的铁靴底踏在堤坝的横梁上，就像是踏在了这条河的后脖颈上。

这时，胜利的喜悦注入并充满了他浑身的血管，他沉浸在征服者的快感和胜利者的甜美中。

在此之前，当亚当·多佛尔驯服任何其他的河流时，他还从来没有过与现在站在被征服的沃汉都河水坝上同样欣喜若狂的感觉。

这是亚当·多佛尔大师的胜利，所有人都承认这一点，因为索麦尔巴鲁庄园的磨坊已然在全速运行，利沃尼亚依然是国泰民安。而亚当·多佛尔的名声很快就传遍了整个利沃尼亚，许多城堡的主人都纷纷请他过去，付给他大量钱财，他很快就会腰缠万贯，荣归故里。

可是令所有人都感到意外的是，亚当·多佛尔大师在沃汉都磨坊建成之后并没有急于离开这个地方，他既没有返回德国，也没有应聘其他地方，而是依旧逗留在索麦尔巴鲁的城堡中，并在每个侍奉上帝的日子里都到沃汉都磨坊去看看。尽管索麦尔巴鲁的主人汉斯·欧赫姆和亚当·多佛尔大师本人都相信，这是因为还需要对磨坊工程进行各种各样的完善，而实际上是亚当·多佛尔在不知不觉中已经中了圣河的邪，这条河在他身上施了魔法，使他无法逃脱圣河的复仇，也不能回避自己的命运。

七

尽管圣河仍然是默不作声,但是在它的内心深处正酝酿着一场疯狂的复仇行动。它自从离开自己的发源地后还从未受到过如此的羞辱,它正在积聚力量向那些无论是脱不了干系还是完全无辜的人施以最严厉的报复。

盛怒之下,圣河最终选择了从前就曾困扰过这个国家和民众的四种灾害,即洪灾、暴雨、霜冻与饥荒,它要将四种灾难全都降临到利沃尼亚的大地上。

在索麦尔巴鲁磨坊竣工过了正好半年的时候,所有的季节变化便全乱了套,就好像上天将一年的所有时节都装进了一个桶里并猛烈摇晃,使得春天不再像是春天,夏天也不再像是夏天。

那年的夏天来得很早,牧师们还在四月就在春季桦树下的教堂里举行了复活节的弥撒,紧接着是倾盆大雨下个不停,天窗就好像是在大洪水时期那样被打开了。

民间围绕着磨坊的迷信传说似乎得到了证实,大片的乌云驮着沉重的冰雹、水珠和雨雪,就像是一顶在低空移动的大帽子一样扣在大地上面,随时威胁着要崩塌下来。江河湖泊的水涨过了堤岸,原有的水道已经无法再承载它们的水量,大水一拃一拃地漫向田野,沼泽地的泉眼向上冒着红色的铁锈般的水。

金贵的黑麦嫩芽也就是来年的面包来源被连根拔起，大水冲走了泥土，庄稼沤在地里烂掉。

正如塔尔图古斯塔夫学院学识渊博的约基姆斯·雷切柳斯·迪特马索斯教授在他为沃汉都河所做的一首歌曲中唱的那样：

> 当洪水漫灌进耕地，
> 可怜之人掀起了不祥的风波，
> 迷信的声音在低语：你不知道，
> 圣河怎会容忍桎梏！

整个利沃尼亚都遭遇了严重的粮食歉收，特别是在沃汉都河流域水灾造成的损失最大。而厄运还只是刚刚开始；在这个冬天索麦尔巴鲁还不会有人挨饿，因为汉斯·欧赫姆先生用他的船从德国运来了大批的粮食，作为赊账或者以极低的价格分发给附近的民众。

接下来到了1642年，这一年将成为利沃尼亚历史上最难忘的一次大灾之年，许多人丢了性命，既包括无辜的，也有罪有应得的，都带着血光之灾。

从冬末早春起，北风就一直不依不饶地刮个不停，怒气冲冲的狂风呼啸而至，所裹挟的寒气足以摧毁地面上所生长的一切。

在这之后又同前一年一样没完没了地下雨，而雨水的征兆总也不停，从泉眼和井里向上升腾起轻烟一般的薄雾，霏霏雨霭在晨曦中映照出五颜六色的光芒。

现在所有人都明白无误地知道，今年的收成将不可避免地比前一年还要糟上一倍，国家现在将会面临像1307

年那样无情的大饥荒，那时候利沃尼亚骑士团的大团长是孔拉德·冯·约各登，人们饿得连绞刑架上长出的枝丫都吃了。

从里加和韦依奈河口到远方的纳尔瓦河，从塔林的杜姆拜山顶到派尔努海湾，民众发出了谁也无法压抑的强烈呼声，响彻利沃尼亚各地，诉说这条被科伊瓦林纳和欧伯卡鲁的拉脱维亚人和本地的爱沙尼亚人都称作圣河的河因为受到了亵渎，现在正在无情地威胁要用大饥荒和死亡来报复这个国家。

一些科拉斯人在河里安放了三只柳条编制的捕鱼篓，然后分三次前往查看。他们对两侧的两个鱼篓并不特别关心，而只检查中间的那个鱼篓里是否捕到了无鳞的鱼。

中间的鱼篓里第一次是一只蟹，第二次是一条淡水鳕鱼，第三次是一条鳗鱼。

这进一步证实了他们的担心，因为按照他们的迷信说法，无鳞鱼预示着糟糕的天气和歉收的年景，而所有这些迹象在他们迷信的天平上就好像重达千斤[①]，而在《圣经》的天平上却不足三钱[②]。

这就如同天上的阳光被遮挡住了一样，整个大地和海洋都变成了漆黑一片。当地民众的思维也笼罩在一片黑暗中，到处弥漫着一种奇怪而危险的疯狂气氛，他们似乎已经听到了恐怖魔王的脚步声。

在所有的地方，无论是教堂的院子里还是客栈的房间里，都可以听到人们在议论，除非索麦尔巴鲁的磨坊和水

---

① 原文此处为 40 列维斯凯（leiviskä），旧时重量单位，1 列维斯凯约为 8.5 公斤。

② 原文此处为 1 洛第。

坝连同其所有的基础都被彻底拆除，让圣河的水重获自由，并清理干净让其蒙受耻辱的所有污秽，天气就不会重新变得晴朗。

他们最为仇视的对象就是亚当·多佛尔大师，他们曾经对即将到来的厄运有过预感，但是他却像个魅影一样站在他们与得到救赎之间，他是所有这些洪灾、歉收和大饥荒威胁以及导致圣河愤怒的始作俑者。

每当亚当·多佛尔大师按照他的习惯每天两次骑马往来于庄园与磨坊之间时，他都会听到人们在他的背后诅咒和威胁他。人们将愤恨的目光投向他，就像由暗处射出的一根根箭一般。

在基督教信徒中也有不少人同当地民众的想法一样，认为上帝呼唤的时候到了，其中不乏出身高贵和受过良好教育的人，他们确信沃汉都河拥有左右天气的神秘力量。这些有关磨坊的迷信在教堂的布道席上也没有缺位，甚至有人说塔林的大总管和塔尔图的许多教授也都接受了有关磨坊的迷信说法。

万物周而复始[①]：人啊，你在古老的预言面前多么无助，没有金钥匙，你为什么不谦卑地承认你的知识多么贫乏！

---

① 原文此处为拉丁文 Et item repetendum。

八

在1642年4月30日这一天发生了一件事。来自凯欧村、奥德拜、瓦尔格湖、卡格湖和居里茨村的大约60个农民，经过与村里的长者和智者的彻夜商议后，在破晓时分成群结队地向索麦尔巴鲁磨坊奔来。

他们并没有赤手空拳而来，而是随身携带了干草叉、斧头、撬棍、木棒和链枷①等家伙，有的人还拿上了猎枪和捕狼标枪，就像要去参加械斗那样。

而索麦尔巴鲁庄园的主人汉斯·欧赫姆先生在这样一个重要的早晨却不在庄园里，他早已因为商旅外出，远赴斯德哥尔摩谈生意去了。

这些男人聚集到磨坊的院子里，话还没有说上几句便要求将磨坊的钥匙和阿恩斯塔德来的亚当·多佛尔大师交给他们。

亚当·多佛尔在庄园里听到这个消息后，马上给马备好鞍子，骑着马离开庄园前往索麦尔巴鲁磨坊。他的轮廓在清晨朦胧的光亮中显得有些阴郁，马的身后乌云重重，马的嚼子拉得紧紧的，但是他脸上的表情仍然是那样坚强刚毅，即使在前进的道路上地狱最底层炼狱的大门向他打

---

① 链枷，脱谷用的像双节棍一样的农具。

开也不会有丝毫退缩。

他现在骑着马来到这些打算要踏平磨坊的密麻麻的人群中间,直截了当地大声喊道:

"索麦尔巴鲁的人们,这么一大清早你们想要从磨坊这里得到些什么呢?是你们同自己老婆吵架了?你们为什么不待在你们自己床上的热被窝里?你们是来磨面的吗?你们的面口袋在哪里呢?"

据说在本部落担任祭司的韦赫特拉的尤里代表其他人回答说:

"大师,我们除了麸子和松树皮已经没有什么可磨的了,我们已经开始在吃桑拿房屋顶的麦秸和墙角的荨麻草了。假如再得不到帮助,那么在大地解冻之前,为了生存我们将不得不去粪堆里找吃的了,可能还会把所有的劣马连毛带皮都吃了。"

亚当·多佛尔喊道:

"你们的衣食父母汉斯·欧赫姆先生,去年冬天就像是用麦穗束喂山雀一样没让你们饿着,他在新的收成下来之前还会向你们开仓济粮的,这你们是知道的。"

来自奥德拜圣河水源地所在庄园的莱杜斯基的米盖尔接着话茬说道:

"大师,难道这件妇孺皆知的事唯独你不知道吗?圣河在生我们的气,假如我们不把河水清理干净并解除对它的人为桎梏,它威胁要毁灭我们。"

对此,亚当·多佛尔大声说道:

"各位,这话说得可毫无根据!一条河怎么能生气呢?它的自然组成器官比如说眼睛、耳朵、心脏、肝脏和胆囊又都在哪里呢?它怎么能像其他自然界的生物那样感受到气愤，又怎样能被气得发抖呢？沃汉都河并不是造成现在这种恶劣天气的罪魁祸首，因为气候是由上帝和上帝的使臣即天上的星辰所主宰的。"

韦赫特拉的长者尤里又说道：

"大师，早在你和我们都还没有来到这个世上的时候，这条圣河就已经在从奥德拜流向贝依波西了，而我们的祖先一直在祭祀着这条河。我们知道它酷爱自己的自由，不会容忍在其水道上修建任何水磨坊，也不会容忍在它洁净的水中有任何玷污，即使是蚊子的一只翅膀也不行，它会用死亡来报复任何亵渎它的行为。"

亚当·多佛尔大师喊道：

"你们就像是瞎子和疯子那样说话！你们的眼睛在哪里呢？你们难道不知道，在沃汉都河上一共有五座桥，第一座在科拉斯滕那里，第二座在基茨古·蒂迪庄园处，第三座在奥苏拉，第四座在索麦尔巴鲁这里，第五座也就是最后一座在基鲁姆拜城堡。你们自己不都也从这些桥的上面走过吗？难道人们没有骑马、乘车或者步行涉水蹚过这条河吗？难道没有人在里面洗过衣服、捕过鱼、游过泳，喝过和煮过河里的水、用河水酿造过啤酒吗？难道马儿没有在渴的时候从河里饮水并且也向里面排水吗？"

韦赫特拉的长者尤里说：

"大师，你说的都是真的，但是在这条圣河沿岸还没有一座水磨坊，只有五座磨坊的废墟，这些磨坊在当时为了安抚这条河按照民众的愿望都被付之一炬了。"

听到这里，亚当·多佛尔大师非常愤怒地喊道：

"够了，即便是撒旦那个恶魔就住在这条河里，我也不惧怕他。撒旦自己的位置是在那永不见天日的地狱里，那是上帝用神圣的仇恨专门为他打造的,他又怎么可能同时出现在利沃尼亚的沃汉都河里呢?他又怎样去参加需要他算总账的最后的审判呢?你们赶紧把你们的斧头和撬棍都集中堆到磨坊的院子里,然后各自回家吧。"

但是这60来个人中没有一个人听从他的命令,而是示威般摇晃着手里的干草叉和链枷,将亚当·多佛尔包围得越来越紧。

亚当·多佛尔大师并没有因此而退却,而是仍然在马背上喊叫道:

"你们这些人想干什么?你们快点明说吧,你们到磨坊来究竟想干什么?"

莱杜斯基的米盖尔说:

"那就实话实说了:由于我们已经身处死亡的魔爪中,我们是来摧毁磨坊的,我们要让太阳重新照耀在我们的田地上。"

其他人也在高喊:

"是这样的:我们不想凄惨地死去,我们要活下去。我们不要磨坊!"

亚当·多佛尔对他们喊道:

"你们看着我!你们难道没有看到吗?我坐在我的马背上,我身上什么东西都没有少。是我向沃汉都河里扔了一条死狗,而这条河并没有怎么着我。"

韦赫特拉的尤里说:

"大师,你不要再罪加一等继续亵渎圣河了,会有你到处哭着喊着求人帮忙的时候!"

有人叫道:

"大家上啊!——我们这是在白浪费时间!"

于是这60来个人组成的人群开始冲击磨坊,似乎看不到任何被解救的可能了,索麦尔巴鲁磨坊及其所有闸坝注定要像以前沃汉都河上其他的磨坊那样被夷为平地。

看到斧头已经咔咔地砍向磨坊的大门,亚当·多佛尔赶紧从马背上跳了下来,拨开众人走到前面,背靠着磨坊的大门,将两臂张开。

他对着众人喊道:

"你们先不要胡来,你们这些被迷惑的人!你们从今天起再等我七个礼拜,我这个来自阿恩斯塔德的亚当·多佛尔大师向你们发誓,如果在这段时间内天气不能转晴,我就会用我的灵与肉对此承担全部责任,到时就让沃汉都河把我带走吧!"

他的帽子在混乱之中滚到了地上,在人们脚下被踩来踩去,他的皮外套也被干草叉的叉尖撕扯破了。他的面孔和整个形象十分凄惨,光着头站在愤怒的人群前面,但是没有人从他的身上看到任何畏惧的迹象。

他还在喊叫:

"索麦尔巴鲁的人们,你们听着!如果沃汉都河真的如你们所说那样有灵魂,那么就让它冲着我来报复吧,而不是冲着你们。你们可以把我像一个背信弃义的人那样扔到河里,就像我扔那条死狗那样!"

他的这些话和视死如归的大无畏精神,对这些人产生了作用,只见他们开始犹豫动摇,愤怒的情绪慢慢从他们身上消散。

他们开始在现场与韦赫特拉的尤里和莱杜斯基的米盖尔以及其他的长者在一起协商,在此期间亚当·多佛尔大师一直一动不动地站在磨坊门口,就像是被钉在了上面一样。

  过了一会儿他们协商完毕，便通过韦赫特拉的尤里告诉亚当·多佛尔大师，他们认为可以接受他的条件，这一次暂时罢兵不再进攻磨坊了。

  于是他们放下各自的武器，转过身都回家去了。他们将会再等七个礼拜，以便让他们的圣河沃汉都从气愤当中平静下来，继续给予并保佑利沃尼亚美好的天气。

九

就这样，来自阿恩斯塔德的亚当·多佛尔大师以信仰和知识为武器，就像新亚当与老亚当斗争那样英勇地与撒旦搏斗，使得索麦尔巴鲁磨坊免遭几乎是注定要遭受的毁灭，又争取到了七个礼拜的宽限期[①]。

尽管达成了休战，但是从那天早晨开始，亚当·多佛尔仿佛是换了一个人似的，他灵魂的内核已经被悄悄地更换了，就好像夜里的小偷狡猾地将葡萄酒桶里贵重的酒都换成了淡淡的雨水似的。

尽管他在其他人面前仍然保持着自己的高傲形象，但是只剩下了一副空空的盔甲，就好像是在空荡荡的武器库里用来吓唬小孩的人形幌子，他原先内在的刚毅已经完全垮掉了。

他现在每天早上比以前起得更早了，观察着外面天气的变化，就好像想要用自己有力的肩膀将天上的乌云都扛起来，并对风说："你在要刮风的时候先等一下，我让你往哪里吹就往哪里吹！"

在此之前，亚当·多佛尔大师一直看不起书呆子，把他们斥为吃闲饭的人或寄生虫，现在却在晚上把一位上过

---

① 原文此处为拉丁文 Dilatio。

高小、通晓各类书籍、到处游学的读书人请到家里，向他解读占星学家劳伦迪乌斯·艾施达迪乌斯博士所著《占星学预知》一书[①]和赫尔利基乌斯博士的著作，这样他就可以搞清楚对人类一直就像是谜一般的星辰宇宙的状况和永恒的气候法则。

尽管他现在短期内就从纯净的知识源泉汲取了比他此前所学加到一起还要多的学识，他心中的阴霾并没有被星相学中的冷智慧驱散。土星已经有两年一直停留在阴冷的双鱼座，而木星则落在了冰冷的摩羯座，之后还要运行至仍处在冬季的水瓶座，它们彼此正在越来越危险地接近。亚当·多佛尔大师尚不清楚他本人和利沃尼亚将如何利用这些知识，因为天气还没有得到改善，而这是唯一重要的关切，利沃尼亚的兴旺与人们的福祉都取决于此。

在所有知识的前面和后面都可以看到上帝，他是所有一切的始祖和根源[②]。

亚当·多佛尔迄今为止一直在公开夸耀自己睡觉如何踏实，他曾说过即使是睡在磨坊的水坝上也会像睡在庄园里的鸭绒被里那样香甜，而现在却在夜里五次三番地从床榻上起身四处走动，即使是闭上了双眼也睡意全无。他现在采取任何办法，无论是用度数多高的啤酒来放松自己的大脑，还是邀请最火爆的激励女神来床上陪伴，似乎都没有什么帮助。

即使是在那些没有怎么熬夜在自己床上入睡的夜晚，梦中的鬼神也在一刻不停地滋扰他，早上起来他会感到自

---

① 原文此处为拉丁文 Astrologus Laurentius Eichstadius *Prognosticum Astrologicum*。

② 原文此处为拉丁文 causa efficiens prima。

己浑身从头到脚都瘫软无力,就好像是光着头睡在了月光下一样。

实际情况是:自从亚当·多佛尔大师答应了索麦尔巴鲁人也就是从他公开做出庄严承诺的那一刻起,他就好像是中了什么奇怪的魔法似的,整个生活都笼罩在阴影里,饭菜索然无味,脑子里日日夜夜想的只有沃汉都河,仿佛这条河就是他的命运所在和生活的唯一目的。

当他在想着这条河的时候,有时他会感到怒不可遏,就好像他面对的是自己的仇人和刽子手,一个迟早想要夺走自己生命的人,有时他会感到一种要杀人的冲动,他宁愿让这条河转换成肉身,这样他就可以用双手把它掐死。可是有的时候他的仇恨又会变成缓缓的忧伤,他在想这条河时就像是满怀灼热的情感思念着心爱的意中人,他会感到自己的生命正在一股股地悄悄流入这条河,就像是一股股绞纱在纺车上汇成一卷线团那样。

他在一生中还从来没有像现在爱这条河这样深深地爱上过任何一个女人,无论是大都市傲慢的贵夫人还是小资女士,或者是乡下的卑贱女人。任何其他的东西他都可以随意拿起或放下,他的灵魂不会因此而受伤,但是这一次他知道,这不再是风月场上的谈情说爱,而是生死攸关的大事。

亚当·多佛尔越来越频繁地想要逃离人间的喧闹。每天清晨,他的双脚会自觉或不自觉地很早就静静地把他带到沃汉都河边。夜里,他会蹚着雨水在被水淹没的滩涂草地上漫步,就好像是行进在浅水的湖畔,任由河水漫入他的靴子;有时他又会在河水被堤坝拦截后形成磨坊水库的地方驻足。就是在这里,他前不久曾经不可一世地将靴底踏在河水的后脖颈上，将其作为自己永恒权力与胜利的象征。

可是看啊！这杯庆功美酒的沉渣现在还十分苦涩地残留在他的上腭，亚当·多佛尔大师感觉到自己与沃汉都河之间的较量还远没有结束。

有时候他会将自己的平底船从岸边解开，夜里独自一人划着小船顺着河水而下，在银色的五蕊柳下体验着水流的力道。

那棵曾经用自己的枝丫挂住那条死狗的柳树干，仍然躺在河边恐吓般地张开它那带钩的枝杈，就好像在等待捕获新的猎物。

亚当·多佛尔大师一边划着船，一边像是在回答自己心里问话似的自问自答：

"有谁听到过河水会说话？"

"可它没有嘴巴啊！"

"它能把人抓住吗？"

"可它没有手臂啊！"

"它会感觉到痛苦并生气吗？"

"可它既没有心脏也没有胆囊，它的血也完全是淡水而已！"

这样的对话在夜空中回荡。亚当·多佛尔大师将桨放到一旁，任由平底船在水流中自由漂行，同时仿佛是挑战似的向夜里的沃汉都河又抛出一个问题：

"一条河怎么会有灵魂呢？"

河水沉默不语，静静地流淌着，没有回答他提出的问题，只有他的问题像是一只大黄蜂一样追逐在他的身后。

一天晚上，当亚当·多佛尔仿佛是在自己炽热的灵魂驱赶下再一次来到沃汉都河边时,他的目光不经意间看到河里的一些小漩涡:水流在河水拐弯的地方无休止地绕着自己打转。突然间,这些漩涡就像是一百张嘴巴同时张大齐声说道:

"来自阿恩斯塔德的亚当·多佛尔,你为什么要亵渎圣河?"

亚当·多佛尔头也不回地从河边逃走,以免耳朵里听到漩涡的叽叽喳喳声,因为从那里发出的全是谴责和威胁。

当他接下来有事再去索麦尔巴鲁磨坊时,他一个人在水槽头停留了一会儿,他在磨坊水车的转动声中似乎从水流拍击转轮的间隔里听到阵阵嗞嗞声。

水在悄声低语:

"来自阿恩斯塔德的亚当·多佛尔,你为什么那么仇视圣河?"

亚当·多佛尔大师惊慌之中赶紧离开了水车。当他来到磨坊的堰塘边上时,见到河水十分浑浊,水底泛着青绿色的淤泥里竖立着浸水的树木和硕大的河贝。在黑色的河贝与绿色的淤泥中间,他似乎看到一位年轻的姑娘正躺在水底休息。她的头发似那绿色的河鲈草般在水中漂荡,她的手臂像水中那光滑的树枝,她的脸庞圆润透明好像那睡莲花一般。睡莲从她的眼睛和苍白的嘴里长出来,长长的茎秆经过她的两鬓和乳白色的胸脯一直延伸到水面。

亚当·多佛尔大师似乎认出这就是以前在一个夏日的傍晚在沃汉都河圣泉处见到的那个姑娘,当时她正在用衬衣上的卡子向泉水里刮着白色的银屑并向月亮祈祷自己能够青春永驻。

那张并不像嘴巴的嘴对他说道:

"亚当·多佛尔，你看看你都对我做了些什么——都做了些什么？你用沉重的水闸桩子蹂躏着我洁白的胸脯；你将桥箱的重负压在我青春年少的背上；我妖娆的四肢在你的奴役下转动着水车轮子，我在水面上赞美月光和星星舞姿的嘴巴让你用磨坊水车的轰鸣声给封住了，我贞洁的身体也被你用狗的尸体给玷污了。"

"阿恩斯塔德的亚当·多佛尔，我的自由你无法禁锢，七个礼拜之后你将不得不因圣河而亡。"

十

所有的一切都在朝着承诺必须兑现的方向发展。这一年的春天没有人用手去抓耕犁,因为这就如同将金贵的种子直接播进河里一样,夏日的美好时光还没有开始就已经凋零了。

太阳已经不再充满慈爱地照耀在利沃尼亚的大地上以及可怜的人们身上,虽然它有时也会冲破厚重的云层露一下脸,但那仿佛是一副巨大而惨白的笑容笼罩在大片洪水的上空,就好像是伊万的狰狞面孔在嘲弄着人们的心底。

这确实已经是末日的开始,大饥荒的阴影就像是投射在流浪汉身前的影子一般降临到整个国家的上空。这种独特而奇怪的反常天气违背了已有的自然规律,仿佛是所有星辰与自然要素都在倒行逆施,其影响一直波及拉脱维亚和芬兰,并越过毕赫科瓦与阿乌努斯的边界。这一切看起来都像是厄运被不幸而言中,上帝借自己的先知耶利米的口公开宣告:"人的尸首必倒在田野像粪土,又像收割的人遗落的麦穗,无人拾取。"①

时间距离宽限期截至的7月8日②越近,亚当·多佛尔

---

① 见《圣经旧约全书·耶利米书》9:22。

② 原文如此,如从4月30日起算七个礼拜,似应为6月18日。

大师的状态就越来越不稳定，他心中的苦楚就像是尸体里的蛆虫一样在侵蚀着他。

索麦尔巴鲁的主人汉斯·欧赫姆与当地的牧师预见到迫在眉睫的危险，非常恳切地请求他趁着还来得及的时候赶紧逃走，以躲避一下当地民众的愤怒情绪。可是尽管亚当·多佛尔大师坦承他们的忠告都很有道理，但是他仍然不愿意离开，也不同意暂时避避风头。他依旧生活在自己的固有思维中，对人们敌视的目光视而不见。

一天，他的发小亨利克·古特金德专程从乌勒瓦斯泰的奥德拜赶来，找到正在河边饮马的亚当·多佛尔大师。

当他看到亚当·多佛尔的样子，感到十分惊讶，因为后者就像一个长期独处的人一样，看起来外形凄惨、寡言少语，打不起精神。

亨利克·古特金德说：

"亚当·多佛尔，你还记得自己说的话吗？你的样子怎么这么疲沓？现在你面临着生命危险，因为假如天气再不好转，你就会死掉，没有谁能把你从民众的盛怒中解救出来。你现在就应该马上逃走！"

亚当·多佛尔眼睛盯着正在低头饮水的马喃喃地说，声音里仿佛有一种来自远古的傲慢在回荡：

"亨利克·古特金德，我不会离开这里去任何地方。谢谢你还念着我们儿时的伙伴关系过来提醒我。"

可是亨利克·古特金德再也控制不住自己了，他大声说道：

"伙计，你失去理智了吧！你为什么不听从我的劝告？你不要再无谓地犹豫不决了，民众已经发誓要取你的性命了。"

亚当·多佛尔把身体转向他的朋友亨利克·古特金德，让自己完全正面对着光线。他的面色像死一样的惨白，惨不忍睹。他说：

"我不想离开，这你知道，亨利克·古特金德。我被一根无形的绳索拴在这里了，这就好像是在教会立下的誓言或者是婚姻的纽带。"

亨利克·古特金德不得不带着自己的话离开，无功而返。

在此期间，索麦尔巴鲁的酒馆就像是一个充满了密谋的巢穴一样，天天晚上都挤满了当地的村民以及来自更远一点地方的人。他们中许多人在那里无所事事，一坐就是一整天，因为反正他们在地里也没有活干。流言除了在农民们中间，也在沼泽地的岛上和通常与世隔绝的密林深处不胫而走。人们在抓紧商议，并派出了捎信的人跨越边界前往各个方向，远至那些最南部的村庄。

即使是用外地人的眼光也可以看得出来，在他们心中正在酝酿着什么重要的事情，因为这几周他们又重新恢复了以前在异教徒时期每当他们面临危险和威胁时的做法，无论这种危险和威胁是瘟疫、战争还是大饥荒。

他们再次将礼拜四封为休息日并在那一天放下手头的工作。到了夜里，沃汉都河圣泉周围的神树林里到处都是祭祀的人，寻求前来安抚这条河。

他们用充满敌意的目光追随着亚当·多佛尔大师的身影，咬牙切齿地看着他，就好像只要有人一声令下就会向他扑过去。

索麦尔巴鲁庄园的主人汉斯·欧赫姆在这些日子里也

并没有坐在家里袖手旁观，而是悄悄地为城堡购置了枪支，并在庄园和磨坊都安排了守夜的人，同时还派人去基鲁姆拜城堡送信，以便让那里的骑兵队长和他手下的人事先做好准备。这座城堡位于塔尔图和瓦斯寨林纳大道旁，在沼泽地中央的一座高高的山岗上。

七月的一天清晨，距离七个礼拜的宽限期结束还剩下只有一天一夜的时候，亚当·多佛尔大师再次禁不住诱惑，身不由己地又要被吸引到沃汉都河畔去。他套上自己的马，在天亮之前离开了索麦尔巴鲁庄园，沿着河岸向上游骑去。

沃汉都河在这里转弯形成一个小水湾，河岸上生长着茂密的阔叶林。亚当·多佛尔远远地就看到一团很亮的火光，就好像是夜里的篝火在闪烁，只见不少人影在火光里到处跑来跑去。

他一开始还以为这火光是守夜人点燃的篝火，于是便骑着马向火光走近。他在树林的黑暗处停住马，茂密的小赤杨林遮住了他的身影。

那时他透过树林才发现有一头很大的浑身雪白的公牛站在那里，两只牛角被绳子捆住，就好像马上要被宰杀的样子。

韦赫特拉的尤里站在公牛的前面，手里拿着祭祀的刀。

当东方发白时，亚当·多佛尔从躲藏的地方看到韦赫特拉的尤里将刀捅进祭祀公牛的心脏，刀一直捅到了刀柄的位置，只见公牛在垂死的嘶哑声中翻滚着身体倒向一侧，深红色的血液就像庆典的啤酒从拔开塞子的木桶里喷出似的。

韦赫特拉的尤里这样吟道：

> 神圣的沃汉都河啊,
> 请接受向你祭祀的公牛,
> 请将雨水降到沼泽地里,
> 请将乌云驱至其他地方,
> 请赐予我们美好的天气,
> 让田地浸透在蜂蜜中,
> 让麦秸犹如青铜铸造,
> 千万颗麦穗饱满充实,
> 赏给我们金色的麦粒!

他听到人们在喊:
"亵渎神灵的人啊!——牛倒向左侧了!"
与此同时,篝火的火焰向上升腾着。
亚当·多佛尔感觉仿佛是自己亲耳听见了对自己死刑的公开判决,就像是那头死在刀下的祭祀公牛。
来自阿恩斯塔德的磨坊建筑师亚当·多佛尔,自诩驾驭了沃汉都河的水,他沿着河岸继续骑向庄园的方向,忽然间感觉到这条圣河确实有着活着的灵魂。
尽管它没有嘴,但却会说话,尽管它没有手臂,但却能向前伸出手,尽管它没有心肝,但却能感觉到它的愤怒与深仇。
亚当·多佛尔从自己的骨髓里能切实感受到,这条河对他的怨恨与复仇的渴望不是一条祭祀的牛的血所能平息的,因为圣河又怎么会在乎一个无辜生灵的血呢?它所渴求的是肇事元凶的血,只有这样才能浇灭它复仇的火焰。
于是亚当·多佛尔清楚地知道,他必有一死,为了一条河。

可是，好生奇怪！——亚当·多佛尔第一次这样想的时候没有感到恐惧或死亡的苦涩，而是感到一种神秘并令人陶醉的喜悦，当他看着清晨的沃汉都河时就像是一个被审判的人看着自己挖好的墓穴一般。

爱与恨以及命运的纽带将他与这条河连接到了一起，这远比血脉的连接还要紧密，他与这条河就好像是在时间长河的清晨一起发源于同一个泉眼，又在大千世界的傍晚汇入同一片水域安息。

他仿佛听到圣河在说：

"来拥抱一下吧，亚当·多佛尔——投入我的怀抱中来！"

这一刻他感到河的灵魂离他很近。圣河的灵魂就像是一个女人，令人感到窒息同时也很致命，它就像流水一般，无时不在变幻着外形，让人既抓不住又摸不着，今天是这样，明天又是那样，犹如在爱人的拥抱中阴郁地幻想着，在静谧中会突然爆发，在死亡中达到极乐。

十一

这一天的清晨终于到了,这一天的傍晚在星相中已注定要淹没在火与血的昏暗之中。这一天是1642年7月8日,礼拜四。

在这一天的最后一段时光,就在午夜前夕,一队全副武装的农民从卡萨里察、莱比奈和瓦斯寨林纳的方向又来到了索麦尔巴鲁的磨坊,他们大部分为青年男子,人数现在超过了250人,因为他们从南部的村庄也叫来了帮手。

不过这一次他们不会再接受谈判,而是要立即付诸行动,因为他们已经完全绝望了,要求马上将亚当·多佛尔大师交到他们的手中。

亚当·多佛尔大师此时正与他的几个同样也是全副武装的保镖一起待在磨坊里。

索麦尔巴鲁的主人汉斯·欧赫姆先生试图即刻派人去基鲁姆拜城堡送信请求支援,但是农民们抓住了送信的人,并将他关到了庄园的地窖里。

不过来人并没有碰汉斯·欧赫姆先生和他的家室,也没有危及索麦尔巴鲁城堡本身,而是全力向磨坊发起进攻,那里是他们倾泻复仇之火的目标。

亚当·多佛尔大师和他的同伴们从窗户口向外射击,用弹雨迎接来犯者,许多冲上来的人在磨坊院子里倒在了血泊中。

但是其他人跨过他们的尸体又冲向前来，他们最终成功地用斧头和撬棍把门砸开。

他们一开始还不能越过门槛冲到磨坊里来，因为亚当·多佛尔命人把粮袋像一道墙一样码在了门后，他与他的同伴们躲在粮袋后面还在不停地向进攻者射击。

这些粮袋中有许多在战斗中被打穿，人们的血与粮食都混到了一起。

进攻者决定要活捉亚当·多佛尔大师，因而尽量避免伤到他，尽管他们注意到他一次又一次地甘冒风险。

进攻者最终成功地爬上了粮袋，并绕到后面向守卫者发起进攻。

这场战斗从一开始就是不平等的，因为进攻者在人数上要比守卫者多上20倍，而且他们有着坚定的信念支撑，他们认为自己要做的事是正确的，是拯救利沃尼亚唯一的途径。

这样的信念让他们感觉自己就像是森林中的狸猫一样狂野，无所畏惧，甚至连死亡都不怕。

他们将守卫者纷纷击倒在地，将猎枪从亚当·多佛尔大师手中打掉，但是大师的力气足以抵挡三个人，经过一番搏斗，他们终于将他压倒在地上，并用绳子把他绑了起来。

许多人就像是喝醉了酒一样在他的头顶上挥舞着干草叉，仿佛是想要将他在原地刺穿一样，这时韦赫特拉的尤里说：

"处死他不是我们的任务，这应该由受到他侮辱的圣河来亲自动手。"

于是他们当着亚当·多佛尔的面极其狂热地开始摧毁磨坊，任何有生命或者无生命的东西都无法阻止他们的狂热。但是他们至少还保留了一点点的克制与理智，他们先将所有能拆下来的铁制物件从门和窗户上面拽下来，收藏好，并将粮袋都扛到了磨坊院子里。

做完了这些，他们像是从地狱炼火中放出的愤怒鬼魂一般，开始了肆无忌惮地打砸。他们用手中的斧头和撬棒将进入他们视野的所有东西都砍砸得稀烂，无论是石头还是木头。当他们将磨坊的屋顶和墙壁摧毁后便付之一炬，随后又成群结队冲去砸毁磨坊的坝闸。

他们将亚当·多佛尔大师用绳子捆绑着带到了水闸处。

这时韦赫特拉的老尤里大声对人群说：

"我们向圣河祭祀了一头白牛，但是牛倒向了左侧，圣河并没有得到安抚。现在沃汉都河将会得到自己的血祭，血债要用血来偿，在羞辱者被淹死之前圣河是不会善罢甘休的！"

他们没有将亚当·多佛尔直接扔到河里，而是将他绑到河中央的一个坝闸桩子上，以便让他能够看到随后要发生的事。

接下来他们开始全力以赴从两边拆毁磨坊水坝，坝桩一根接着一根地轰然倒下，因为他们知道这条河的仇恨都对准了这个水坝，就像对待自己的镣铐一样。

河水开始漫过亚当·多佛尔的头顶，但还无法将他裹挟而去，他面对着河水的暴躁，无助地躺在磨坊水坝上。

就像他有一次曾经在凯旋的欢呼声中作为胜利者站在这座水坝上那样，现在轮到这条河庆祝战胜他了。

磨坊和锯木厂在大火中燃烧，烧得通红的火炭飞溅到河里发出滋滋的响声，深色的河水在火光的映照下，就像是熔化的火焰一般。

被绑在坝桩上的亚当·多佛尔大师躺在那里，听到预示着死亡的轰隆声距离他越来越近。他眼睁睁地看着自己专程来到利沃尼亚亲手打造的工程在自己的眼前毁于大水和大火，这些原本并不相容的元素现在要联起手来将他毁于一旦。

河水的泡沫冲刷在他身上的感觉是如此轻柔，仿佛是要将他拥入情人的怀抱，他好像是躺在绸缎的床上休息一般，他的血管中充满了温情，心中满是喜悦，忘却了死亡的惨痛。

圣河在愤恨之余宽恕了他，在用复仇之剑杀死他的同时给予他最后的安慰，仇恨、复仇、爱的波涛随着河水的拥抱在亚当·多佛尔的头顶流过。

亚当·多佛尔大师知道他不应再离开圣河，无论是生还是死他都已经与圣河永远结为一体了，他将像盐粒溶入水中那样溶进此河。

于是来自阿恩斯塔德的亚当·多佛尔，这个因为修建索麦尔巴鲁磨坊而亵渎圣河的人，随着最后几根坝桩被卷入波涛之中。解放了的河水奔腾汹涌，人们看见他与磨坊的残骸和烧焦的木头一起，在漩涡中翻转着一直被裹挟到河水深处。

这就是圣河的审判和试图要束缚圣河的亚当·多佛尔大师的末日。

后来，他那被摧残得不成样子的尸体在河道里又浮上了水面，挂在了那同一根在水中漂浮的柳树枝上，从前被他扔进水里的那条狗的尸体就曾经挂在上面。

圣河又重获自由了。

人啊，在你世俗的一生中，你就像是一只爬虫那样在木板的夹缝里觅食，你能知道些什么？你能否将海水放干，研究它的犄角旮旯？你能否用钻头将地壳从地球两极钻穿，掐住它的咽喉？你能否数清天上的星星，就像你在换钱柜台上数银币那样？

因为真实情况是，自从索麦尔巴鲁磨坊被夷为平地的那一刻起，清晨的太阳又带着它的慈祥重新升起，犹如在宣告它的宽恕，天空重新用它那灿烂的笑容照耀在受到摧残的大地上，受到安抚的圣河将泛滥的河水从河畔草坪上撤回。

同样千真万确的是，在索麦尔巴鲁磨坊被摧毁后两天，基鲁姆拜的骑兵队长带着乌勒瓦斯泰的骑兵以及增援部队抵达这里，按照当局和瑞典法律毫不留情地严厉处罚了所有参与摧毁索麦尔巴鲁磨坊的人，他们中的许多人还未来得及逃到沼泽地的小岛上，或者跨过边境跑到波兰。索麦尔巴鲁的大地上再一次哭声遍野，那些有罪的人被迫从军士的队伍中穿行跑过，个个被荆条打得皮开肉绽，受到惩罚。而那些曾经动手伤害亚当·多佛尔大师的人，受到的惩罚是要么被砍掉右手，要么被处以绞刑。

自然界中有许多事物暂时不为我们所知[①]。

气候因充满神奇而令人感到压抑，未知的秘密环绕在人们周围，不知还有多少事物尚不为人所知，被上帝用神圣的封印永远地封存着。

---

① 原文此处为拉丁语 Multa sunt in natura nobis ad hoc ignota。

"北欧文学译丛"已出版书目

（按出版顺序依次列出）

［挪威］《神秘》（克努特·汉姆生 著 石琴娥 译）

［丹麦］《慢性天真》（克劳斯·里夫比耶 著 王宇辰 于琦 译）

［瑞典］《屋顶上星光闪烁》（乔安娜·瑟戴尔 著 王梦达 译）

［丹麦］《关于同一个男人简单生活的想象》（海勒·海勒 著 郄旌辰 译）

［冰岛］《夜逝之时》（弗丽达·奥·西古尔达多蒂尔 著 张欣彧 译）

［丹麦］《短工》（汉斯·基尔克 著 周永铭 译）

［挪威］《在我焚毁之前》（高乌特·海伊沃尔 著 邹雯燕 译）

［丹麦］《童年的街道》（图凡·狄特莱夫森 著 周一云 译）

［挪威］《冰宫》（塔尔耶·韦索斯 著 张莹冰 译）

［丹麦］《国王之败》（约翰纳斯·威尔海姆·延森 著 京不特 译）

［瑞典］《把孩子抱回家》（希拉·瑙曼 著 徐昕 译）

［瑞典］《独自绽放》（奥萨·林德堡 著 王梦达 译）

［芬兰］《最后的旅程：芬兰短篇小说选集》（阿历克西斯·基维 明娜·康特 等著 余志远 译）

［丹麦］《第七带》（斯文·欧·麦森 著 郗旌辰 译）

［挪威］《神之子》（拉斯·彼得·斯维恩 著 邹雯燕 译）

［芬兰］《牧师的女儿》（尤哈尼·阿霍 著 倪晓京 译）

［瑞典］《幸运派尔的旅行》（奥古斯特·斯特林堡 著 张可 译）

［芬兰］《四道口》（汤米·基诺宁 著 李颖 王紫轩 覃芝榕 译）

［瑞典］《荨麻开花》（哈里·马丁松 著 斯文 石琴娥 译）

［丹麦］《露卡》（耶斯·克里斯汀·格鲁达尔 著 任智群 译）

［瑞典］《在遥远的礁岛链上》（奥古斯特·斯特林堡 著 王晔 译）

［挪威］《珍妮的春天》（西格里德·温塞特 著 张莹冰 译）

［瑞典］《萤火虫的爱情》（伊瓦尔·洛-约翰松 著 石琴娥 译）

［瑞典］《严肃的游戏》（雅尔玛尔·瑟德尔贝里 著 王晔 译）

［芬兰］《狼新娘》（艾诺·卡拉斯 著 倪晓京 冷聿涵 译）